調律師は調教する

Yuiko Takamura
篁釉以子

CHARADE BUNKO

Illustration

佳門サエコ

CONTENTS

調律師は調教する

ピアノの調律の基準となるピッチはコンサートA、つまりは四十九番目の鍵《キー》、イコール442Hz——。

世に数多《あまた》ある楽器の中で、ピアノは唯一、演奏者が自ら調律作業を行えない楽器だ。

「さて、始めるとするか」

スタインウェイを前に、高瀬《たかせ》翔吾《しょうご》は上着を脱ぎ捨てると、軽くシャツの袖口《そでぐち》を捲《まく》った。

ピアノを見据える、冴《さ》えた蒼黒《そうこく》の眼差《まなざ》し。

基音をとるために、翔吾は愛用の音叉《おんさ》を響かせた。

鍵盤《けんばん》を叩《たた》く、少し骨ばって長い指先。

すらりと高い長身をわずかに屈《かが》めて、翔吾は音の響きに神経を集中させながら、チューニングハンマーに少しずつ力を加えていった。

微妙に緩急をつけたピンの絞り具合。

そこから基盤となるオクターブ、49番と37番の鍵盤の間のテンパーメントを合わせていくのだが、その工程は、一つ一つ単音の音高を聞き分けるのではなく、同時に二つの音を鳴らして、そのうねりの数を正確に捉《とら》えていく緻密な作業だ。

しかし、それらはまだまだ調律師が行う作業の第一段階にすぎない。

「音程はこんなものか」

呟《つぶや》いて、一通り弦の張りを調整し終えた翔吾は、額に落ちかかる烏《からす》の濡《ぬ》れ羽《ば》色の髪を掻《か》き上げた。

全部で二三〇本ほどもある弦に、合計二十トンにも及ぶ膨大な張力。たとえ毎日のように弾き込まれる環境になくとも、ピアノの調律は刻一刻と変化していく運命を免れない。

そうでなくとも、総数にしておよそ八千個もある部品のうち、その多くに木材、羊毛、皮革等の天然素材を使用しているピアノは、あたかも呼吸する生き物のごとく、外気を通して温度、湿度から相応の影響を受ける宿命にあるのだ。

結果として、昨日ピアノを習い始めた初心者から、巨匠と呼ばれる音楽家に至るまで、ピアニストには必ずや調律師という専門家が必要となる。

殊に、最高の演奏を志すプロの演奏者にとって、優秀な調律師はなくてはならない存在だ。環境による微妙な変化、弦の伸びや弛《たる》み、音程の低下や狂い、タッチの変化など、様々なピアノの状況を敏感に察知し、的確な処置によって最高のコンディションを保つ。

ピアノは楽器の中でもっとも精密機械的でありながら、その調整作業には、極めて手工的かつ名人芸的センスが求められる。

一種の芸術と言っても過言ではない、繊細にして精緻な作業の積み重ね。

卓越した腕を持つ調律師を指して、《魔術師》と呼ぶ者もいるが、彼らの魔法なくしては、どんな名演奏も成り立たないのである。

そして、今、対峙《たいじ》したスタインウェイの音に耳を傾けている高瀬翔吾は、間違いなく超一流の魔術師の資質を備えている。

それだからこそ、この状況は――。

『いいピアノなのに、残念だとしか言いようがない』

翔吾は胸の中で独りごちた。

ここはマンハッタンのアッパー・ウエストサイドにある高級マンションの一室。

今回はイレギュラーで受けた仕事なので、ピアノの持ち主についての予備知識はないものの、高価な防音設備の整った音楽室から察するに、恐らくはプロのピアニストか、あるいはそれに順ずる練習量を必要とする、たとえば裕福な親を持つ音楽学校の生徒のような弾き手が想像される。

人も羨《うらや》む恵まれた環境に、有り余る音楽への情熱。

だが、この演奏者は、自分の音を見失っているに違いない。

なぜなら、定期的に調律師の手を経て、隅々まで行き届いたコンディションが保たれているにもかかわらず、このスタインウェイの音色が悲惨を極めているからだ。

「可哀想《かわいそう》に……」

思わず漏れ出る、罪のないピアノに対する憐憫《れんびん》の情。

己を見失って苛立《いらだ》つ持ち主に命じられるまま、このスタインウェイは弦を打つハンマーヘッドをやすりで削られ、音が硬いと言われてはフェルトに針を突き立てられ、今度は柔らかすぎたと難癖をつけられては硬化剤を塗布されている。

どれも間違った手法ではなく、むしろ高度な技術を要する作業ですらあるのだけれど、無軌道にやりすぎた結果、スタインウェイはピアノとしてのバランスを壊滅的に失い、無残な音色で悲鳴を上げるばかりに成り果ててしまった。

「すぐに直してやるからな」

とりあえずは常軌を逸した弾き手の要求は無視して、翔吾はスタインウェイを正常な状態に戻してやることにした。

音程の整ったピアノの前面から、鍵盤と弦を打つアクション部分を引き出し、複雑で精密な打弦機構の各部に細かな調整を行い、目と指先の感覚だけを頼りに、八十八鍵ある鍵盤をピアニシモからフォルテまで、一様にバランスよく揃《そろ》えてやる。

そして、いよいよ調律師としての感性がもっとも問われる腕の見せ所、整音作業へ——。

ところが、仕事に没頭する張り詰めた空気は、一瞬にして打ち破られた。

「っ……!?」

まるで吹き込んできた一陣の旋風《つむじかぜ》。

突然、バンッと荒々しい音を立てて開け放たれた扉に、翔吾は目を瞠《みは》った。

『これは…！』

驚きに満ちた蒼黒の瞳《ひとみ》に映し出されたのは、華奢《きやしや》な痩身《そうしん》に荒ぶる怒気をはらんだ、萌《も》え立つような亜麻色の髪をした一人の美しい青年の姿だった。

風雲急を告げる衝撃の出会い――。

青年はピアノの傍らに立ち尽くす翔吾を、爛々《らんらん》と光り輝く大きな琥珀《こはく》色の瞳で、射抜くように激しく睨《にら》みつけてくる。

『ああ、なんて煌《きら》めきだ……！』

野生のジャガーに勝るとも劣らない、その狂暴で美しい金色《こんじき》の閃《ひらめ》き。けれど、心奪われ、深く魅入られそうになったのも束《つか》の間《ま》、怒れる青年の激情が、見惚《みと》れる翔吾に向かって炸裂した。

『な、何っ…!?』

バスケットボールさながらに、いきなり空を切って投げつけられてきたガラスの花瓶。

長身に似合わぬ機敏な動きで、なんとか顔面への直撃は免れたものの、活けられていた薔《ば》薇《ら》の花びらを散らしながら迸《ほとばし》り出る花瓶の水までは、さすがに避《よ》けようもなかった。

足元で砕け散るガラスの破片。

頭からシャツの肩口にかけて、派手に水を被《かぶ》った翔吾は、ポタポタと雫《しずく》が滴り落ちる黒髪を、その指の長い大きな手で掻き上げると、琥珀色の瞳を持つ狼藉者を厳しく睨《ね》めつけた。

『この…っ！』

ところが、無体を働いた青年が口にしたのは、謝罪の言葉どころか、慌てふためいた言い訳ですらなかった。

「僕のピアノに触るな…っ！」

まるで悪びれたふうもない、傲慢《ごうまん》で高飛車な怒りの咆哮《ほうこう》。

自分の方が加害者だなどとは微塵《みじん》も思っていない、その俺様気質丸出しの声の響きに、翔吾は思わず鼻白んだ。

『コイツ、何様のつもりだ…！』

わずかながらも、ヒクヒクと引き攣《つ》ってくる頬《ほお》の筋肉。

そもそも、冷たく冴え冴えとした翔吾の蒼黒の双眸《そうぼう》には、鋭利に研ぎ澄まされた刃物を思わせるような独特の凄味《すごみ》がある。

引き締まって逞《たくま》しい体軀《たいく》と、東洋人離れして上背のある翔吾が、その威圧感溢《あふ》れる眼差しを鋭く行使すれば、腕に覚えのある大男ですら気後れして怯《ひる》むほどだ。

それなのに、閃く瞳の力はジャガー並でも、形《なり》はせいぜいアビシニアンといった風情でしかない青年には、恐れを感じた様子もない。

いや、「さっさと謝れ！」とでも言わんばかりの気勢からして、青年は飼い慣らされたアビシニアンなどではなく、美しいが気性の荒いサーバルキャットと言ったところか。

『なんて跳ねっ返りだ！』

腹立たしくも、呆《あき》れるばかりに強気な向こう見ず。

この、今にも口から火を噴かんばかりに気の立ったサーバルキャットが、哀れなスタインウェイの音を滅茶苦茶《めちゃくちゃ》にした張本人に違いない。

『冗談じゃないぞ…！』

仕事はまだ途中だったけれど、こんな仕打ちを受けた翔吾が、律儀に作業を続けてやる義理はない。

奇跡的に水濡れを免れた鍵盤とアクションを、元通りピアノ本体の棚板の奥へと押し込むと、翔吾は放り出してあった上着を手に取った。

本音を言えば、この無礼者には厳しい処罰を下してやりたい。

腹に据えかねる思いには、なかなかに抑えがたいものがあったけれど、道理を説くだけ無駄としか思えない無法者を前に、翔吾はこれ以上の悶着《もんちゃく》を思い止《とど》まることにした。

仕事上のクレームは後日、依頼してきたエージェントにタップリとつけてやればよいのだ。

「では、今日の調律はキャンセルということで――」

努めて抑えた事務的口調。

使い込んだシルバーのアタッシュケースに、調律師の七つ道具を収めると、翔吾は足早にマンションの部屋を後にした。

『まったく、最低だ……！』

見た目にクールな横顔とは裏腹に、一向に収まらない腹立たしさ。

翔吾がこんなにもカッとなったのは、いったい、いつ以来のことだろうか。

『ああ、クソッ……！』

憤懣《ふんまん》としてエレベーターホールへ向かう翔吾が、あの傍若無人な琥珀色の瞳と相対することなど、もう二度とないだろうと思っていたのは言うまでもない。

それなのに――――。

「まぁ、多少……魅惑的な山猫ではあったけどな……」

怒りとは裏腹に、翔吾の心に強い印象を残した青年の眼差し。

降下していくエレベーターの中で、翔吾はらしからぬ自らの呟きに、苦々しい苛立たしさを覚えたのだった。

＊　　＊　　＊

そして、翌日の午後――――。

「ちょっと待ってくれ！　冗談じゃないぞ！」

あまりにも想定外の成り行きに、高瀬翔吾は打ち合わせの席を蹴《け》って立ち上がった。

ここはミッドタウンにそびえ建つ、全米でも指折りの資産を誇るアームストロング財団の本社ビルの一室だ。

打ち合わせの席に着いているのは、財団理事の一人であり、翔吾より四つ歳下《としした》の母方の従弟《いとこ》でもあるブラッド・アームストロングと、それからもう一人、黒縁の眼鏡《めがね》と夜会巻きに結い上げたブルネットの髪が、いかにも有能そうに映える美人。

彼女こそ、昨日、翔吾にあのとんでもない仕儀となったスタインウェイの調律を依頼してきたエージェント、エリン・ウェルシュその人である。

当然のことながら、翔吾は今朝《けさ》一番でエリンに苦情の申し立てをした。

そもそも、三十一歳という若年ながら、翔吾は世界中で活躍する多くのピアニストたちからの指名が絶えない、腕利きの調律師として知られている。

顧客の中には巨匠と呼ばれる有名ピアニストも何人かいて、ここ数年はスケジュールがいっぱいの状態が続いている翔吾は、滅多なことでは飛び込みの仕事を受けない。

それを今回、エリン・ウェルシュの依頼に応じたのは、他《ほか》でもない、弟同然に育った従弟のブラッドからの紹介があったからだ。

しかし、蓋《ふた》を開けてみれば、あの体たらくである。

午後になって、ブラッドから連絡があり、「エリンが会いたがっている」と聞かされれば、謝りたいのだろうと思うのが当然の成り行きというものだ。

　にもかかわらず、テーブルに着いた途端、ブラッドとエリンは謝罪の言葉もそこそこに、翔吾に対して次の依頼を口にした。

　しかも、その内容たるや、まともな神経では受け入れがたいものだった。

　何せ、いきなり翔吾にガラスの花瓶を投げつけてきた、あの気性の荒いサーバルキャットがリサイタルで演奏できるよう、調律の面倒を見てほしいと言うのだから、翔吾が席を蹴って立ち上がるのも無理はない。

「頼むよ、翔吾兄さん」

「絶対に断る！」

「そんなつれないこと言わないでくれよ、兄さん。ちょうどレコーディングの仕事がキャンセルになって、一ヶ月はスケジュールに余裕ができたんだろ？　だったら――」

「ブラッド！」

　こんな時だけ「兄さん」と呼んで、なんとか拝み倒そうとするブラッドを、翔吾はピシャリと遮った。

　確かに、急に心臓のバイパス手術をすることになったマエストロが、ニューヨークで予定していたレコーディングをキャンセルしたせいで、翔吾のスケジュール帳には珍しく大きな余白が生じていた。

だが、期せずして手に入った久しぶりの余暇を、何が哀しくて、躾《しつけ》のできていない傍若無人なサーバルキャットの世話になど費やさなくてはならないのか。

そもそも、ブラッドとエリンは学生時代からの親しい友人同士だというが、普段なら絶対に受けない昨日のような飛び込みの仕事をしてやっただけで、翔吾としては十分にブラッドの顔を立ててやったはずなのだ。

「誰《だれ》がなんと言おうと、絶対に断る！」

冴えた蒼黒の瞳に決意を滾《たぎ》らせて、翔吾はブラッドを見据えた。

これで馬鹿げた交渉事は終わりだ。

ところが、改めて席を離れようとした翔吾の背中に、ブラッドはとっておきの切り札を投げつけてきた。

「それが、バネッサ・アームストロングの言葉でも？」

「…っ！」

翔吾は息を飲んで立ちどまった。

バネッサ・アームストロング――――希代の女傑と称され、波乱に満ちた二十世紀の経済界を伝説的な武勇伝とともに生き抜いてきた彼女は、現在八十七歳にして巨大なアームストロング財団の総帥を務める女帝であり、その孫である翔吾とブラッドにとっては、幼い頃から手元に置いて、厳しくも愛情深く育ててくれた大切な祖母でもある。

『どうしてここで、お祖母様《ばあ》の名前が出てくるんだ！』

叫び出したい気持ちをグッと堪《こら》えて、翔吾は縦皺《たてじわ》を刻んだ眉間《みけん》を押えた。

そう、長年財界に君臨し続けているバネッサ・アームストロングはまた、無類のクラシック音楽愛好家であり、その筋のパトロネスとしても有名だ。

実際、彼女の帝国であるアームストロング財団は、その経済活動に於いて巨万の富を稼ぎ出す一方で、音楽事業に対しては、壮麗なオペラハウスの建設から音楽を志す若者に向けた奨学金制度の設立まで、多岐に亘《わた》って惜しみない援助を寄せることで知られている。

今や社会貢献活動として、すっかり財団の顔となっている、莫大な資金を注《つ》ぎ込んでの音楽支援事業。

援助の一環として、財団は才能ある音楽家たちのパトロン的役割も務めているが、その選別にはバネッサの意向が強く反映されているのは周知の事実だ。

しかも、女帝自らが推すなんて、よほどの超一級品でない限りあり得ない。

『アイツ、いったい何者だ？』

記憶の糸を手繰り寄せれば、どこかで見たような顔にも思えるが、いろんな意味でインパクトが強すぎて、翔吾の脳裏に鮮明に浮かび上がってくるのは、あの怒りに燃えて爛々と光り輝いていた、美しくも危険な琥珀色の瞳ばかりだ。

『う～ん……』

考えたところで、一向に解けない謎《なぞ》。

もっとも、その正体が何者であろうと、所詮《しょせん》、翔吾が置かれた状況に変わりはない。

これまでの経緯がどうあれ、あのサーバルキャットがバネッサ・アームストロングの目にとまったと聞かされた以上、翔吾は彼女の意に沿うべく善処するしかないのだ。

『まぁ、やりかけの仕事が気にならないといったら、嘘《うそ》になるんだが……』

哀れなスタインウェイの姿を思い出して、翔吾はため息を吐《つ》いた。

昨夜《ゆうべ》は頭にくるあまり、さっさとキャンセルを宣言した翔吾だったが、本来、やりかけの仕事を投げ出すなんて、プロとしては考えられない。

事情はどうあれ、自分が中途半端に放置したピアノの後始末を、誰か別の調律師にしてもらうなんて、言語道断なのである。

とはいえ、昨日の今日で、あのサーバルキャットの調律師を務めろとは、まさに苦渋の選択ではないか。

「本当に、お祖母様が期待するほどのピアニストなのか？」

往生際悪く尋ねた翔吾に、ブラッドが小さく肩を竦《すく》めた。

「さぁ？　音楽的なことは俺じゃなく、エリンに聞いてくれよ」

ここから先は門外漢だとばかり、話の先をエリンに引き継ぐブラッドに、翔吾は少し決まり悪げに表情を曇らせた。

それというのも、経営者としての才に恵まれ、次期総帥の呼び声も高いエリートでありながら、ブラッドには音楽的センスというものが皆無なのだ。

楽器の類《たぐい》が演奏できないのはもちろん、致命的な音痴に生まれついたブラッドには、まだほんの幼い頃、その愛くるしい容姿を買われて聖歌隊のメンバーに選ばれながら、結局は歌っているふりだけしていろと、司祭から口パクを命じられたという悲惨な過去がある。

もちろん、二十七歳にもなる現在、人並み外れて優秀な頭脳を持ち、ビジネスシーンでその手腕を遺憾なく発揮しているブラッドに、幼少期に受けたトラウマが暗い影を落としているふうはない。

しかし、同じくバネッサ・アームストロングの孫に生まれた翔吾には、ブラッドが抱えている悩みのほどがよくわかる。

なぜなら、基本的にはよき母であり、愛情深い祖母でありながら、クラシック音楽を至上の悦《よろこ》びとするバネッサには、家族に対しても、酷《ひど》く極端な一面があるからだ。

実際、三人いる彼女の子供たちは皆、音楽業界で成功することを求められ、四人の孫たちにも、徹底した音楽の英才教育が施された。

なんとも偏った、無茶苦茶な話である。

ところが、バネッサが傾けた情熱の賜物《たまもの》か、はたまた金をかけた高度な教育の為せる業か、結果は予想外にも上々。

アームストロング家は、それぞれに才能を開花させた家族の面々によって、社交界でも有名な音楽一家となった。

そう、唯一、落ち零れたブラッドを除いては――。

とはいえ、ビジネスに傑出した才を有するブラッドは、ある意味、もっともバネッサの血を色濃く受け継いだ逸材なのだが、肝心の祖母にとっては、どこまでも《不憫な孫》でしかないのだった。

そして、そんなブラッドとは対照的に、バネッサから偏愛とも言うべき溺愛《できあい》ぶりを示されて育ったのが、他でもない翔吾である。

一族の誰もが認める、バネッサ・アームストロング一番のお気に入り。

そうなった事情には、様々あるのだけれど、兄弟同然に育ちながら、祖母から自分だけ特別な期待と愛情を注がれてきた翔吾には、ブラッドに対して、今も心のどこかに拭いがたい負い目にも似た感情が存在している。

そんな翔吾が、ブラッドからの頼み事を断るなんて、最初から無理な話だったのだ。

『わかったよ！　やればいいんだろ、やれば…！』

翔吾に課せられた使命は、すでに一ヶ月後に迫っているという、カーネギーホールで行われるデビューリサイタルを成功に導くこと。

およそ一ヶ月間という、ちょうど空いている翔吾のスケジュールに、依頼の期間がピッタり嵌《はま》るのが、またなんとも腹立たしい。

『心臓発作を起こした巨匠を恨むしかないか……』

ブラッドから引き継いで、様々に説明を始めたエリンの言葉を聞きながら、翔吾は深々とため息を吐いたのだった。

＊　＊　＊

さて、件《くだん》のサーバルキャットこと、真澄《ますみ》・ビアレッティは荒れていた。

『僕のピアノには、もう誰も触るなって言っておいたのに……！』

貴族の血を引く裕福なイタリア人実業家の父と、日本人の母との間に生まれ、ヨーロッパで育ってきた真澄が、ここニューヨークに渡って八ヶ月――。

渡米の目的は、一つには十八歳を迎えたのを機に、あまりにも過保護がすぎる母親の元から独立を果たすことにあった。

なぜなら、六歳の時に両親が離婚して以来、母親は一人息子《むすこ》の真澄にベッタリ。

ピアニストとして、類稀《たぐいまれ》なる天賦の才に恵まれていることが、母親の真澄に対する過剰な保護欲に拍車をかけていたのは間違いない。

何しろ、物心つく頃には神童と称され、欧州各国で名だたるコンクールの賞を総舐《そうな》めにしてきた真澄は、すでに一部の愛好家たちの間では、将来を背負って立つ《クラシック界の若き至宝》とまで呼ばれているほどだ。

豊かに波打つ柔らかな亜麻色の髪に、煌めく琥珀色の瞳。

古《いにしえ》から続く欧州の血筋に、神秘的な東洋の血が混じり合って生まれた真澄は、誰の目にも魅惑的で美しい青年だ。

正式なデビューこそ果たしていないものの、見目麗しく才能溢れる真澄の欧州社交界に於ける人気は高く、様々なコンサートへの客演や、サロンでのリサイタルなど、演奏の依頼は引きも切らない状況が続いていた。

そんな真澄のマネージメントを一手に引き受けていたのが、離婚後の生き甲斐《がい》を息子に求めた真澄の母親だった。

結果、経済的バックアップを約束してくれた父親のお陰もあって、猛烈なステージママと化した母親の元、真澄は最高の教育環境を得て、天与の才にいっそうの磨きをかけることができた。

つまりは、母親の強い熱意なくして、今日の真澄は育ち得なかったわけだが、余程のマザコンでもない限り、息子には巣立ちの日が訪れるものだ。

斯《か》くして、果たされることとなった真澄の渡米。

しかし、自由を謳歌《おうか》する新天地として、真澄がこのニューヨークの地を選んだのには、確たる理由があった。

そう、アメリカを代表するクラシックの聖地、ニューヨークでデビューリサイタルを開くためである。

ところが――。

『どうして死んじゃったんだよ、ジュゼッペ……!』

真澄は悲嘆に暮れていた。

母親を説き伏せ、意気揚々と乗り込んできた心機一転の地に、それでも真澄は一人だけ、なくてはならない人物を伴ってきた。

真澄が生まれるはるか昔から、ビアレッティ家でピアノの面倒を見てきた老調律師のジュゼッペである。

ピアニストとしての真澄にとって、誰よりも近しい存在だったジュゼッペ。

燻《いぶ》し銀の腕前を持つ老人は、その演奏に耳を傾けただけで、真澄が追い求める音を理解してくれた。

豊かにして繊細な芸術性と、並外れた超絶技巧を褒《ほ》めそやされて、神童の名をほしいままにしてきた真澄にとって、しかし、黙々と魔法の音を創り出すジュゼッペこそが、真に天才と呼ばれるに相応《ふさわ》しい存在だった。

それだからこそ、満を持してニューヨークデビューを果たそうとする真澄にとって、ジュゼッペの不在など想像だにできなかったのだ。

けれど、渡米からわずか三ヵ月後、ジュゼッペは倒れ、そのまま帰らぬ人となってしまった。

享年七十七歳。

病院のベッドで冷たくなったジュゼッペを前に、真澄は激しく後悔した。

新生活と未来の成功にばかり心奪われていた真澄は、年老いたジュゼッペのことなど、何も考えていなかった。

小さな頃から、どんなわがままも聞いてくれる、優しいお祖父《じい》ちゃんのような存在だったから、真澄の渡米に同行してくれるのも当然のように思っていたけれど、見知らぬ異国で新しい生活を始めるには、ジュゼッペは年を取りすぎていたのだ。

にもかかわらず、真澄のために無理を押して――。

『ジュゼッペ……！』

すっかり痩《や》せて小さくなったジュゼッペの亡《な》き骸《がら》に取り縋《すが》り、真澄は声を上げて泣いた。

幼い日の真澄を膝《ひざ》に抱き、鍵盤を叩いてくれた魔法の指は朽ち果てて、二度と動くことはなくなってしまった。

『いやだよ、ジュゼッペ…！　僕を独りにしないで……！』

その時になって、真澄はどれほどジュゼッペに甘え、精神的に頼り切っていたかを思い知らされた。

言い争う両親の声に怯え続けた日々も、離婚の成立を告げられた朝も、父親に新しい家族ができたと知らされた冬の日も、いつだって真澄の傍《そば》にいて、真澄のためにスタインウェイを最高の状態に調律してくれたのはジュゼッペだった。

それなのに、かけがえのない真澄だけの老魔術師は、永遠に奪い去られてしまった。

あれから五ヶ月――。

ニューヨークデビューとなるリサイタルの日程は、いよいよ一ヵ月後にまで迫っていたが、真澄はジュゼッペを失ったショックから未《いま》だに立ち直れていない。

本当なら、リサイタルの準備と並行して行うはずだったレコーディングは頓挫《とんざ》したままだし、欧州の社交界からの伝《つて》で、いくつか個人的に依頼のあったサロンでの演奏もすべてキャンセル。

その中には、数年前、ショパン国際ピアノコンクールが開催されたワルシャワで近づきになった、名高いバネッサ・アームストロングからのリクエストもあったらしい。

新たに契約したアメリカのエージェントがつけてくれた、マネージャーのエリン・ウェルシュが大層な腕利きで、彼女の粉骨砕身と東奔西走のお陰で、ここまではなんとか事なきを得ているものの、カーネギーホールで行うデビューリサイタルの日程だけは動かしようがない。

しかし、どんなにエリンから発破をかけられ、叱咤《しった》激励されても、真澄の心は虚《うつ》ろで、以前のように真っすぐピアノにのめり込むことができなくなっていた。

ただただ、哀しくて、寂しくて、遣《や》る瀬なくて――。

そんな真澄の鬱屈《うっくつ》した思いが、抑えがたい怒りへと変貌《へんぼう》したのは、エリンがジュゼッペに代わる新たな調律師を連れてきたときからだった。

『――僕のピアノに触るな…っ！』

この数ヶ月というもの、真澄は何度、そのセリフを叫んできたことだろうか。

そう、誰もジュゼッペの代わりなどできない。

それどころか、皆で寄ってたかって、ジュゼッペが真澄に残してくれた最後の音まで滅茶苦茶に壊してしまった。

真澄はジュゼッペの音を取り戻そうと、躍起になって調律師に噛《か》みつき、思いつく限りの注文を投げつけた。

だが、死んでしまったジュゼッペ同様、失われた音は二度と戻らない。

新たな調律師が来る度に、真澄の心には絶望的な喪失感が募っていくばかりだった。

『もう僕のピアノは死んでしまった…！』

そう思うのに、ピアノを弾くことだけはやめられない自分がいる。

来る日も来る日も、壊れた音に何時間も苛《さいな》まれ続ける、自虐と矛盾に満ちた心の葛藤《かっとう》。

やがて、すべてに捨て鉢になった真澄は、その苛立ちの捌《は》け口として、その年齢に相応しくもっともスタンダードな方法を選んだ。

つまり、夜遊びとアルコールとエクスタシーを少々――。

恵まれたルックスと豊かな財布を併せ持つ真澄には、すぐに大勢の取り巻きができた。

幸か不幸か、幼い頃から天才ピアニストとも囃《はや》されてきた美青年にとって、周囲の人間を手玉に取ることなど雑作もない。

欧州で慣れ親しんだ社交界でも、真澄が蠱惑《こわく》的な笑みを浮かべて見上げれば、どんなわがままも聞き入れてもらえたものだ。

とはいえ、ここは何かと勝手の違うニューヨーク。

大事なデビューリサイタルを目前に控えながら、放蕩《ほうとう》に耽《ふけ》るばかりの真澄の生活態度に、マネージャーのエリンが激怒したのは言うまでもない。

しかし、十八歳を過ぎた真澄のすることに、ただ金切り声を上げていても仕方がない。

エリンは新たな調律師を探す一方で、クライアントを護るべきエージェントとして、真澄に屈強なボディーガードをお目付け役として配置することにした。

もっとも、そんなエリンの気遣いが、真澄の夜遊びに拍車をかける結果となったのは、なんとも皮肉なことである。

何しろ、つき纏《まと》われる鬱陶しさは否めないものの、黒服の強面《こわもて》が二人も控えていては、真澄の身に本当の意味での危険が及ぶことはないからだ。

そんなわけで、今夜もまた午前三時のご乱行――。

「うふふ…ダメだったら……くすぐったいよ」

両脇《りょうわき》には、怪しげな錠剤とカクテルでハイになった女の子たち。

VIPルームに置かれたソファーの真ん中に陣取った真澄は、床に跪《ひざまず》いて足の指を舐める男に、その白い喉《のど》を仰《の》け反らせて笑い声を立てた。

立ち籠《こ》める紫煙の中、人々が上げるけたたましい嬌声《きょうせい》と、それを上回って鳴り響くダンスミュージック。

感じやすい足の指の間をねっとりと舐《ねぶ》る、いやらしい男の舌の蠢《うごめ》きが堪《たま》らない。

「あぁん…」

身を捩《よじ》った拍子に、グラスから零れ落ちてシャツの胸に広がっていくシャンパンの泡。

今だけは、胸に巣食う虚《むな》しさも、どうにもならない焦燥感も、この堕落した酔いと快感の狭間《はざま》に忘れたふりをしていられる。

そう、少なくとも、再び頭の中でピアノの音が鳴り出すまでは――。

『ああ…!』

酔いが醒《さ》めるのを恐れるように、真澄は新たに注がれたシャンパンのグラスを一気に呷《あお》ったのだった。

聞くところによると、欧州での呼び名は、《ミューズに愛された鍵盤の貴公子》、あるいは、《天上の音楽を奏でる麗しのエンジェル》などなど──。

『まぁ、確かに……そう呼ばれるだけのことはあるかもしれないが……』

自分の足元にしどけなく横たわる美貌のピアニスト、真澄・ビアレッティを見下ろして、高瀬翔吾は胸の中で独りごちた。

＊　　＊　　＊

白い額に乱れかかる、柔らかな亜麻色の髪。美しい弓なりの眉《まゆ》。細い鼻梁《びりょう》。微《かす》かな寝息に押されて、わずかながらも甘やかに弛んだ薄紅色の口許《くちもと》。

毛足の長いムートンの敷物に、伸びやかに四肢を投げ出して微睡《まどろ》む姿は、さしずめ眠れるヒアキントスかアドニスか──。

華奢な腰つきや、無防備に曝された白い喉元から、危うくも瑞々しい青年の色香が艶《あで》やかに漂い出している。

はだけたシルクの胸元が、まるで誘っているようだと感じてしまうのは、たぶん翔吾だけではないはずだ。

だが、今は乳白色の頰に濃い影を落としている、長い睫毛《まつげ》に縁取られた瞳が開かれれば、そこには狂暴なまでに激しい金色の閃きがあることを、すでに翔吾は知っていた。

見た目はしなやかに美しくとも、眠っているのは気性の荒いサーバルキャットなのだ。

いや、そもそも、このサーバルキャットは眠っているのですらない。

正確には、酔い潰《つぶ》れているのだ。

翔吾は同道してきたエリンを振り返った。

「いつもこんな状態なのか？」

「ええ、ここ一ヶ月ほどはピアノに向かう以外は、バカ騒ぎと泥酔の繰り返しね」

肩を竦めてみせるエリンに、翔吾はため息を吐いた。

一晩中、クラブやパーティーで騒ぎ、朝になって正体を失くしたところを、ボディーガードに抱えられて帰宅する毎日。

事前に大体の状況は聞かされていたものの、日も高くなって久しいこの時間帯になっても、昨夜の酔いが抜けていない姿を目の当たりにさせられては、さすがに前途の多難さが思いやられる。

『これだからガキは嫌いなんだ…！』

今更、考えても仕方のない繰り言。

断れないブラッドの頼みとはいえ、結局は仕事として引き受けた以上、プロとして後には引けない。

そして、仕事を受けるに当たって、翔吾がマネージャーのエリンに出した条件は一つ。

「本当に俺のやり方でいいんだな？」

最後にもう一度だけ、エリンに念押ししてから、翔吾はサーバルキャットの首根っこを摑《つか》むと、強引にその軀《からだ》を肩に抱え上げ、奥のバスルームに向かった。

「なっ、なっ、何…っ!?」

状況が摑めず、驚きに慌てふためく真澄の軀をバスタブに下ろし、シャワーを頭からぶっかける。

「う、わぁ～っ！」

喚《わめ》き散らして抵抗するのを押さえ込み、翔吾はしばし真澄を水責めにした。

「どうだ？　少しは酔いが醒めたか？」

翔吾はシャワーをとめると、ずぶ濡《ぬ》れになった真澄を見下ろした。

「クソクソ、放せ！　誰だ、お前…っ！」

「俺は高瀬翔吾。お前を調教しに来た」

「な、なんだと…っ！」

「おっと、抵抗しても無駄だ。逆らえば痛い目を見るぞ」

「っ…！」

瞬間、股間《こかん》を強く摑まれた真澄は、その鋭い痛みに息を飲んだ。

「あっ、あっ…！　痛ぁ…っ！」

生まれて初めて受ける乱暴な扱い。

丸ごと握り潰されてしまいそうな恐怖に、真澄は必死に翔吾の手首を掴んだ。

「やっ、やめろ…っ！」

「やめろ？　それを言うなら、やめてください、お願いしますだ」

「だ、誰が…！」

怒りにカッと火花を散らして、真澄は翔吾の手首に爪《つめ》を立てた。

けれど次の瞬間、悲鳴を上げたのは翔吾ではなく真澄の方だった。

「ひっ、ぃんっ…!!」

容赦なく加えられた握力。

失神してしまいそうな痛みに、真澄はすぐに音を上げた。

「お…おね…お願…っ！」

「よし、いい子だ」

搾《しぼ》り出されたギリギリの哀願の声に笑みを浮かべて、翔吾はゆっくりとそこに込めていた指の力を抜いた。

「あっ、あっ、あっ……」

弛んでいく緊迫感とともに、生理的な涙が溢れ出す。

こんな屈辱的な扱いがあるだろうか。

「お、お前…っ！」

真澄は怒気に閃く琥珀色の瞳で翔吾を睨めつけた。

けれど、すでに値千金とも呼べる、その威力のほどを見知っている翔吾は、少しも怯まなかった。

「おや、まだ足りなかったか？」

「っ…！」

せっかく弛めてもらえた指に、またじわじわと力を込められていく恐怖。

「や、やめろったら…っ！」

「学習能力のないヤツだな。やめろじゃなくて、お願いしますだろ？　同じことを何度も言わせるな」

「あ、っく…！」

今はまだ、からかうように緩慢な力加減。

けれど、主導権は確実に翔吾にあって、真澄は選択を迫られている。

そう、一度ならず二度までも、屈辱的な哀願の言葉を口にするか、それとも突っぱねて、再び地獄の痛みに苛まれるか――。

とはいえ、意地を張ったところで、結局は苦痛に負けて、惨《みじ》めに哀願させられるのは目に見えている。

それでも、最初から服従の姿勢を見せるなんて、真澄のプライドに関《かか》わるではないか。

「そら、どうした？」

「うぅっ…！」

「そんなにいつまでもは、待ってやらないぞ？」

楽しげに、その薄い唇の端に笑みさえ浮かべて、真澄に答えを促す憎らしさ。

もうすぐ時間切れだと言わんばかりに、翔吾はやわやわと真澄のそこを押し潰しにかかる。

「うっ、く…！」

絶体絶命のピンチだ。

ところが、窮地に陥った真澄を、思いも寄らない事態が襲ってきた。

「なんだ、痛いのが好きなのか？」

『え…？』

たっぷりとからかいを含んだ翔吾の囁《ささや》きの意味が、最初、真澄には理解できなかった。

だが――。

「こんなふうに悦ばれたんじゃ、躾にならないな？」

「あっ…！」

小さな膨らみの中心を、翔吾の指の長い大きな手でグリグリッと揉《も》み込まれて、真澄は息を飲んだ。

『そ、そんな…！　た、勃《た》ってる…!?』

自分で自分の躯が信じられない。

この状況で、どうしてこんなことになってしまうのか。

『あ、あり得ない…っ！』

真澄は愕然《がくぜん》とした。

それなのに、一度自覚してしまうと、もう躯の反応は抑えられなかった。

「あっ、あっ…やめて…！」

同じセリフを吐きながら、すっかり意味合いを変えてしまっている声の響き。

翔吾は笑みを漏らして真澄を煽《あお》った。

「甚振《いたぶ》られて欲情するなんて、お前、マゾか？」

「ち、違…っ！」

「違うだと？　こんなに膨らませてちゃ、説得力ないな」

「やっ…！」

隆起したファスナーの上を、ピンと指先で弾《はじ》かれて、真澄は息を詰めた。

濡れて纏わりつくばかりの薄手の衣服では、恥ずかしい昂《たか》ぶりの形を隠しようもない。

『く、屈辱だ…！』

唇を嚙み締めても震えがとまらない。

しかも、軀は真澄の自尊心を裏切ったまま、昂ぶり続けている。

「いやらしい子だ」

「くっ…！」

「どうする？　びしょ濡れついでに、パンツの中でお漏らしするか？」

愚弄《ぐろう》されても言い返せない悔しさ。

しかし、こうなってしまった以上、吐精しなくては収まりがつかないのも事実だ。

「じ、自分でする…！」

自慰を宣言させられる恥辱に、新たな悔し涙が溢れ出す。

それなのに、翔吾は一向に真澄から離れていってくれない。

「あ、あっちへ行けったら…！」

あくまでも強気な命令口調を崩さない真澄に、翔吾は苦笑混じりに顔を顰《しか》めた。

「本当に懲りないヤツだな？　まぁ、いい。調教の基本は、飴《あめ》と鞭《むち》だからな」

言うが早いか、翔吾は真澄の上体をバスタブの背に押さえ込むと、そのファスナーに指を這《は》わせた。

「…っ!?」

ギョッとする間もなく、ジジッと淫靡《いんび》な音を立てて引き下ろされていくファスナー。

そのまま、当然のように押し入ってきた翔吾の長い指に、真澄の気が動顚《どうてん》したのは言うまでもない。

「な、何を…っ!?」

聞くだけ意味のない問いかけ。

やめさせようにも、強い力で押さえ込まれた軀はビクともしない。

為す術《すべ》もなく自らの昂ぶりを摑み出されてしまった真澄は、せめてもの抵抗とばかり、腰を捩ろうと必死に足搔《あが》いた。

けれど、屹立《きつりつ》した軀の中心を握られていては、抵抗自体が無意味でしかなかった。

「可愛《かわい》いピンク色だ」

「やっ…!」

「いや？　こんなに濡らしているのにか？」

「く…っ」

顔を背けた真澄を嘲笑《あざわら》うかのように、翔吾はゆるゆると手を動かし始めた。

「ほら、窪《くぼ》みから蜜《みつ》が溢れてきた」

「あっ、あっ、いや…っ！」

他人の手に扱《しご》かれる堪らない刺激。

巧みに擦《こす》り上げられて、真澄は何度も声を上げた。

「いや、いや……ダメ…っ！」

伝い落ちる蜜を絡ませて、わざと濡れた音を立てる翔吾の指。

クチュクチュと聞こえてくる淫《みだ》らな音が、喘《あえ》ぐ真澄の鼓膜を犯していく。

「あっ、あっ、あっ……！」

嫌なのに、気持ちが悦《よ》くて堪らない。

緩急をつけて繰り返される上下運動に合わせて、真澄は浅ましく腰が浮き上がるのをとめることができなかった。

「あっ、あっ…あ、ぁん…っ！」

快感で頭がどうにかなってしまいそうだった。

それなのに、巧妙な手管は絶頂感を持続させるばかりで、真澄は果たされない欲望のもどかしさに、啼《な》きながら激しく身悶《みもだ》えた。

一方、そんな真澄の嬌態に、手淫を施す翔吾が笑みを浮かべたのは言うまでもない。

「いやらしいヤツだ。もう達《い》かせてほしいのか？」

尋ねられて、真澄は夢中で、ガクガクと何度も頷《うなず》いた。

「よし。いい子には飴だ」

囁きとともに、勢いを増した手淫のピッチ。

「ひ、あっ、あっ…！」

嬌声が、抑えようもなく唇から迸る。

感じやすい鈴口を親指の腹で擦り上げられた瞬間、真澄は腰を跳ね上げて達した。

「───っ…！」

仰け反る白い喉。悦びに深く寄せられた眉根。

淫らな解放に、未だ小刻みに震えている真澄から、翔吾は手を放して立ち上がった。

それから、手近にあったタオルで、長い指を濡らした真澄の欲望の残滓《ざんし》を拭い取ると、翔吾はお湯のコックを開いた。

当初は水責めに使われたバスタブに、温かな湯気が立ち始める。

お湯が腰の辺りまできたところで、ようやく一息ついた真澄は、自分にとんでもない恥辱を与えた翔吾を、再び怒りの眼差しで睨めつけた。

「こ、この僕に…！　こんなことして、ただで済むと思うなよ…！」

けれど、陳腐な脅し文句は、苦もなく一笑に付されてしまった。

「ほう？　どう済まないと言うんだ？」

「そ、それは…！」

「外で待っているマネージャーのエリンに言いつけるか？」

「…っ！」

言葉に詰まった真澄に、翔吾が肩を竦めた。

「言えないよなぁ？　俺に扱かれて、気持ち悦くいっぱい出しちゃいましたなんて、あんなお姉さんに告げ口できたら大したもんだ。それこそ、男の沽券《こけん》に関わるよな？」

「う、ぅっ……！」

正にぐうの音も出ない有り様。

確かに翔吾の言うとおり、直《じき》に十九歳を迎えようかという真澄が、エリンのような美人マネージャーに対して、「男に扱かれて射精させられました」なんて、口が裂けても告げられるはずがない。

いや、そんな告白をさせられるくらいなら、いっそ死んだ方がマシではないのか。

『ク、クソォ……！』

その琥珀色の瞳に怒りを燃やしながらも、歯噛みするしかない真澄の様子に、翔吾は満足げに笑みを浮かべた。

予定とは随分違ってしまったが、とりあえず結果は出した。

生意気なサーバルキャットを躾《しつ》ける調教の第一段階は、クリアと言ってよいだろう。

『これで肝心の調律作業に入れる』

改めて洗面台で手を洗うと、翔吾はバスタブの真澄を振り返った。

「たっぷり出した恥ずかしい蜜をキレイに洗い流したら出てこい。逃げ出さずに、おとなしく言うとおりにするなら、さっきの痴態はエリンには黙っておいてやる」

「っ……！」

完全に持っていかれてしまった主導権。

悔しすぎて、それこそ歯軋《はぎし》りする思いだったけれど、自分より何枚も上手の翔吾を前に、真澄には打つ手がなかった。

『クソ、クソ、クソッ……!』

こんなに腹を立てている自分を残して、涼しい顔でバスルームを後にする翔吾の背中が憎らしい。

悔し紛れに、真澄はバスタブに溜《た》まったお湯の表面を、握り締めた両の拳《こぶし》で何度も叩きつけた。

『あんなヤツ、あんなヤツ、あんなヤツ……!』

沸騰した真澄の怒りが落ち着くまでには、それから一時間近くの時が必要だった。

＊　＊　＊

さて、午後三時を過ぎた音楽室——。

不機嫌に唇を尖《とが》らせつつ中に入った真澄は、少なからず拍子抜けした。

当然のごとく、いやらしいニタニタ笑いを浮かべて待ち構えているに違いないと思っていた翔吾が、まるで別人のように真摯《しんし》な面持ちでスタインウェイに向かっていたからだ。

『な、なんだよ、アイツってば…！』

つい一時間ほど前には、自分に死ぬほどの辱めを与えたくせに、今は存在自体に気がつかないみたいに、翔吾は入室してきた真澄の方を振り返ろうともしない。

もちろん、再び貶《おとし》められるなんて許せないものの、常に周囲からちやほやされるのが当たり前で、誰かに無視される状況に慣れない真澄は、別の意味でムッとした。

『この僕に、なんて態度だ…！』

とはいえ、バスルームの一件があった以上、怒って遁走を決め込むわけにもいかない。

何しろ、リビングにはマネージャーのエリンがいる。

あの恥ずかしい出来事の一部始終を、もしも翔吾の口からエリンに知られるようなことにでもなれば、真澄には憤死ものの屈辱だ。

『ふ、ふん！　どうせ夜までは、ピアノを弾いて過ごすつもりだったんだ…！』

自らに言い訳をしつつ、真澄はスタインウェイから一番遠い位置に置かれたソファーの上に胡坐《あぐら》を掻いた。

風呂《ふろ》上りの素肌に心地《ここち》いい、生成りの糸をざっくりと編み上げたサマーセーター。

少し肩が出てしまうルーズな首回りを引き上げて、真澄はスタインウェイに向かう翔吾の様子を観察した。

ピアノの前面から引き出されている鍵盤と弦を打つアクション部分。

どうやら翔吾は、ハンマーヘッドのフェルトにやすりをかけている最中らしい。

『なんだ、ただの調律師だったのか……』

真澄を調教しに来たなどと言い放ち、いきなりの狼藉を働いた曲者《くせもの》の正体に、真澄は少なからず憮然《ぶぜん》とした。

それもよく見れば、翔吾は数日前、真澄が花瓶を投げつけてやった男ではないか。

『あの時の……仕返しのつもり、だったのか……?』

顰《ひそ》められる眉。

もうこれ以上、ジュゼッペが調律してくれたピアノに触られたくないという思いに変わりはないというのに、弱みを握られた真澄は、再び翔吾を追い払うこともできない。

『悔しい……!』

真澄は唇を噛み締めた。

だが、それから小一時間――。

スタインウェイに向かう翔吾の姿を見つめていた真澄の気持ちに、自分でも理解できない変化が訪れようとしていた。

『――ちょっとだけ……ジュゼッペと似てる……かもしれない……』

自らの心の呟きに、真澄はハッとした。

そう、小柄で痩せた老人だったジュゼッペと、目の前にいる若々しい偉丈夫が似ているはずもない。

『だって、ジュゼッペは物凄く優しくて…！　あんな酷いことをする、翔吾みたいな男とは全然違う…！』

それなのに、否定しようとすればするほど、翔吾の逞しい背中に、ジュゼッペの後ろ姿が重なるのは、いったいどうしてなのだろうか。

『違う…！　絶対に違う…！』

しばし続けられた心の葛藤。

けれど、似ていると思った最初の直感に間違いはなかった。

『同じ……調律師のオーラが出てるんだ……！』

認めたくはない、感覚的な納得性。

しかし、細心の注意を払ってハンマーの整形に当たっている翔吾の背中には、冒しがたい威厳にも似た真剣さが漂っている。

繊細なタッチでやすりを握る、少し骨ばって長い指。削ったフェルト面に注がれる、鋭くも真摯な蒼黒の眼差し。

それは静かで、すべてが限りなく精緻で美しい作業に見えた。

懐かしい魔術師の面影――。

『ああ…』

久しぶりに、本当に久しぶりに、真澄は心からの安らぎを覚えていた。

まだ幼かった頃、真澄はよくこんなふうに、スタインウェイの調律、調整、整音を繰り返すジュゼッペの魔法を、飽きもせず何時間も眺めていたものだった。

あの頃は、なんの疑いもなく永遠に続くものと信じていた、ひどく満ち足りて幸せな時間。

『もう一度……あの時が……』

気がつけば、それが自分に恥辱を味わわせた男だということも忘れて、真澄はうっとりとスタインウェイに向かう翔吾の姿に見惚れていた。

艶《つや》やかな烏の濡れ羽色の髪に、蒼黒の瞳を持つ魔術師。

『――翔吾……』

この男なら、失われてしまったジュゼッペの音を取り戻してくれるかもしれない。

そう、真澄だけの音を――。

『またピアノが弾ける…！』

瞬間、真澄の胸に一筋の光が射した。

壊れた音に苛まれながら、堪らない喪失感を抱えて絶望に打ち拉《ひし》がれるのではなく、持てる情熱の限りを傾けて、一瞬の煌めきに全身全霊を熱く昇華させる、あのえも言われぬ刻を再び取り戻せるのだとしたら、真澄にとって、これ以上の至福はない。

真澄の本質は、ただひたすらにピアニストなのだ。

『だけど……だけど、本当に……？』

希望の光を感じながらも、不安の影を払いきれない心の揺らぎ。

期待して裏切られるのが、真澄は怖かった。

ジュゼッペを亡くした喪失感の次に、虚しく失望を味わわされるのには堪《た》えられない。

『そうだよ…！　だって、だって、あの男は……！』

逡巡する思いが、真澄に翔吾から与えられたばかりの恥辱を思い起こさせる。

そうだ、少なくとも実際にピアノを弾くまでは、調律師としての翔吾の腕を信用するわけにはいかない。

なぜなら、真澄が欲しいのは、魔法の腕を持つ、真澄だけの魔術師なのだから――。

『騙《だま》されたりするもんか…！』

だが、真澄の決意は、すぐにまた揺らぐことになる。

スタインウェイに向かっていた翔吾が、不意に真澄の方を振り返ったのだ。

『あ…！』

自分を見据える冴えた蒼黒の眼差しに、真澄は一瞬ドキリとした。

「な、なんだよ…！」

動揺を悟られたくなくて、真澄は不遜《ふそん》な態度で唇を尖らせた。

そうでなくとも、翔吾の手で吐精させられたのは、ほんの数時間前の出来事で、恥じ入る真澄にとっては、猛烈に決まりが悪いのだ。

もっとも、そんな真澄の心中など、翔吾にはとうの昔にお見通しだった。

『まったく、可愛げのない……いや、この場合、逆に可愛いのか？』

精いっぱいの虚勢を張って、強がったふりの真澄に、翔吾は心密《ひそ》かに苦笑を漏らした。

『ま、言われたとおり、おとなしく出てきたのは褒めてやろう』

翔吾は改めて、ソファーに陣取る真澄に声をかけた。

「こっちへ来いよ」

「な、なんでそっちへ行かなくちゃならないんだよ…！」

物言いは尊大ながらも、どこか恐れをなしているふうの真澄に、翔吾は小さく肩を竦めた。

淫らな調教の成果は、思いの外、大きかったらしい。

「そう警戒するな。このスタインウェイを弾いてもらいたいだけだ」

「ピ、ピアノを……？」

「ああ、そうだ。それとも他に、何かしたい事でもあるのか？」

「…っ！」

明らかにからかいを含んだ翔吾のセリフに、真澄は思わず赤面した。

自分でも気づかぬうちに、翔吾に対して必要以上に身構えていたのが恥ずかしい。

「ひ、弾いてやってもいいけど…！」

言いなりになるのは悔しかったけれど、演じてしまった痴態をネタに、これ以上の揶揄《やゆ》に曝されるのも我慢がならない。

真澄は意地になってスタインウェイの前に座った。

一つ大きく深呼吸をしてから、鍵盤の上に指を置く。

そして、次の瞬間――。

『あ、あれ……？？？』

いつもどおり、鍵盤に白魚の指を走らせた真澄は、自分の耳に飛び込んできたその予想外の音色に驚いた。

がなり立てるばかりに、汚く割れていた音はすっかり消え失せ、その代わり、実に心地よく調和の取れた音色が、一定の美しさを保って均一に響いている。

言ってみれば、それはまるで生まれたてのピアノ。

ジュゼッペが残してくれた音とは、まったく違うものではあったけれど、もう壊れて死んでしまったとばかり思っていたスタインウェイが、見事に生まれ変わって息を吹き返したのだ。

『こ、これって…！』

信じられない思いに、真澄は練習曲を中断して瞳を瞬《しばた》かせた。

すると、予想外の魔法を見せてくれた男が、そんな真澄を見下ろしていた。

でしかなかったからだ。

なぜなら、びっくり仰天したのは事実でも、それは真澄が期待していたものとは程遠い音

ピアノの脇に佇《たたず》む翔吾に尋ねられて、真澄は困ったように言葉尻《ことばじり》を濁した。

「ど、どうって言われても……」

「どうだ？」

『僕が欲しい音は、もっと……もっと、こう……！』

言葉では、決して表すことのできない感性の響き。

それは、どれほど驚嘆に値しても、こんなふうに平凡な音色ではないのだ。

だが、「どうだ？」と尋ねた翔吾の意図は、当然のことながら、真澄の口から賞賛の言葉を期待したものなどではなかった。

そう、翔吾にとって、これはあくまでも先日、途中で投げ出してしまった仕事の続き。

だから当初の予定どおり、翔吾はピアノとしてのバランスを壊滅的に失い、無残な音色で悲鳴を上げるばかりになっていたスタインウェイを、とりあえずは正常な状態に戻してやったにすぎない。

プロの調律師として、ピアニストが望む最高の音色を創り出す翔吾の仕事は、ここからが本番なのだ。

「弾き心地はどうだ？　鍵盤の沈む深さや重さ、反応で気になるところはないか？」

「え？　えっと……？」

言われて、真澄はもう一度、鍵盤のタッチを確かめるように演奏を再開した。

今度の曲は、デビューリサイタルで弾くことになっている、《ラ・カンパネラ》――。

十九世紀半ば、ヨーロッパ中に天才ピアニストの名を轟《とどろ》かせたフランツ・リストが、自らの超絶技巧のすべてを駆使して創り上げたという名曲だ。

『あ、あれ……？』

そして気がつく、微かな違和感。

再び演奏を中断したものの、真澄には自分が感じたものの正体が判然としなかった。

強いて言うなら、「なんか変！」といったところか。

もっとも、その傍らで耳をそばだて、演奏の様子に聞き入っていた翔吾には、すべき事がすでにわかっていた。

「少し鍵盤を高くしよう！」

「え…？」

驚く真澄を尻目に、翔吾はピアノの本体から鍵盤を引き出すと、アタッシュケースから取り出した調整用の紙を選んで、鍵盤下の緑のフェルトの下に挟み込んでいく。

紙の厚さは、０．０５ミリから０．６ミリまで、全部で五種類。

調律師はそれらを自在に組み合わせることで、きめ細かく鍵盤の高さを調節するのだ。

「全体に0．23ミリ上げてみた。今度はどうだ?」

翔吾に促されるまま、半信半疑でピアノに向かった真澄は、しかし、驚くべき結果に息を飲むことになった。

『あ…！』

ピッタリと、まるで吸いつくようなタッチ。

さっきと同じように弾いているはずなのに、魔法にかかったみたいに指が軽やかに踊り出す。

「凄い…！　これ、凄くいい……！」

思わず叫んで、瞳を輝かせた真澄に、翔吾が満足げな笑みを浮かべた。

「では、これから一ヶ月かけて、真澄・ビアレッティが弾く、《ラ・カンパネラ》の音を創っていくとしようか」

翔吾の言葉に、真澄は目を瞠った。

仰ぎ見れば、そこにあるのはジュゼッペと同じ調律師の眼差し。

誰にもジュゼッペの代わりは務まらないと、すべてに捨て鉢になっていた真澄だが、もう一度だけ、この高瀬翔吾という調律師に賭《か》けてみるのも悪くないのかもしれない。

少なくとも、次に翔吾が見せてくれるかもしれない魔法に、真澄は物凄く興味があった。

「ま、まぁ、翔吾がそう言うんなら、別に構わないけど……！」

膨れ上がる内心の期待感を悟られまいと、真澄はわざと素っ気なく、ツンと澄ました物言いで応じた。

本心ではどんなにワクワクしていても、主人に尻尾《しっぽ》を振る犬みたいなマネは、真澄のプライドが断固として許さないのだ。

一方、そんな真澄の態度に、翔吾は今更ながらに苦笑を覚えた。

『あんな可愛い声で、アンアン啼きながら俺の指を濡らしたくせに、今更――』

もっとも、その一件について、あまり頻繁に持ち出すのは、仕事をする上で得策とは言えないだろう。

真澄とは、あくまでもピアニストと調律師の関係であって、請け負った一ヶ月間の仕事さえスムーズに運べば、翔吾にはそれ以上の考えはないのだ。

それに、今はそんな事よりも、ただ一刻も早く、真澄に先程の《ラ・カンパネラ》の続きを弾かせたい。

なぜなら、翔吾には確信があったからだ。

『きっと凄いことになる…！』

翔吾が耳にしたのは、ほんの指慣らしにすぎないわずか数小節。

それでも、翔吾の胸には、確かに響く何かがあった。

揺り動かされる調律師の本能。

「それじゃあ、もう一度、頭から通して弾いてもらおうか」

いよいよ調律作業の最終段階、そのデビューリサイタルに向けた音創りを始めるために、翔吾は真澄に演奏を促したのだった。

＊　＊　＊

気がつけば、真澄はいつも気が遠くなりそうな高揚感に包まれていた。
『ああ、凄い、凄い…！　こんなのって……！』
肌が粟立《あわだ》つような興奮。
躯中に走る震え。
鍵盤に触れる度に、音が鋭い快感となって、真澄の聴覚を刺激する。
まるで奏でた音楽に、全身を隈なく愛撫《あいぶ》されているようなエクスタシー。
こんな感覚は、ジュゼッペが生きていたときにも味わったことがない。
『あ、あ…！』
何度となく襲ってくる恍惚《こうこつ》感。
それなのに、弾く度に真澄は貪欲《どんよく》さを増していく。
「もっと……！　もっと、天上へ……！」

思いが先走って、それ以上はとても言葉にならない渇望。

だが、真澄の傍らに立つ魔術師は、唇から発せられた言葉ではなく、真澄が奏でた音の中に、その感情を読み取ってくれる。

「コンサート・ピッチを少し上げてみよう」

頬を薔薇色に紅潮させながら、もどかしく欲求を訴えてくる真澄に、翔吾は的確な判断を下し、その望みを叶《かな》えるべく魔法の腕を揮《ふる》う。

十九世紀末、Aイコール440Hzとする《フランス案》が基準として定められたものの、現在は世界中のオーケストラが、各々440から446の間で自分たちのコンサート・ピッチを決めている。

基本的に、翔吾は442Hzで調律を行うが、それはもちろん、担当したピアニストの要求やその必要性に応じて、変幻自在に調整が可能だ。

その昔、巨匠ホロヴィッツは、二十五年間という長きに亘って、そのコンサートとレコーディングの専属調律師を務めたフランツ・モアに向かって、「私のピアノは439・と・半に調律して欲しい！」と言ったそうであるが、望まれれば、それは翔吾にも可能な手技である。

翔吾は早速、作業に取りかかった。

一方、そんな翔吾の手元を、ピアノに齧《かじ》りつくようにして覗《のぞ》き込んでくる真澄。

「俺の作業中は休んでていいんだぞ？」

いつもそう声をかける翔吾だが、聞こえているのかいないのか、琥珀色の瞳をキラキラ輝かせた真澄は、夢中で作業に魅入るばかりだ。

『まるで子供だな…』

普段はわがままで飽きっぽいくせに、自分が興味を引かれたものには、真澄はとことんのめり込んで他が見えなくなる。

実際、真澄と数日間も一緒にいれば、この暴君が意外なほど不器用で、驚くほど生活力に欠けていることに、嫌でも気がつかされることになる。

たとえば朝、トースターのスイッチを入れた真澄が新聞を読み出してしまえば、パンは間違いなく真っ黒焦げになってしまうだろう。

いや、実際には通いのハウスキーパー任せで、真澄は家事などしないのだけれど、他にも電化製品の消し忘れやら手回り品の置き忘れやら、およそ日常生活に於けるトラブルについては、枚挙に暇《いとま》がない。

つまり、それがなんであれ、一つ事に気を取られた真澄に、同時進行で別の作業などできはしないのだ。

しかし、こと音楽に関して言えば、雑念など一切入り込む余地もなく、ひたすら高みを目指そうとする姿勢には、調律師として脱帽する他ない。

常に百パーセントか、それ以上を維持して途切れない集中力。

だが、そんな状態ばかりを続けていては、人間、いずれ心身がオーバーヒートを起こして壊れてしまう。

だから、真澄の傍には常時、冷静な目を持ってコントロールできる人間が必要とされる。

これまで、その役割は、母親と亡くなった老調律師が担っていたらしい。

あくまでも調律師の立場を守りたい翔吾にとっては迷惑な話だけれど、ここには自分しかいない以上、真澄の世話を焼かないわけにもいかない。

「ほら、それじゃ、ここに座って、少し糖分と水分の補給でもしてろ!」

翔吾は調律作業が見える位置に椅子《いす》を持ってきて真澄を座らせると、エリンが事前に用意しておいてくれた甘いレモンティーを、ポットから大振りのマグカップに注いだ。

「熱いから気をつけるんだぞ?」

「うん、わかった」

普段はまるで言うことを聞かない真澄だが、今はおとなしく翔吾に従う。

両手で大事そうに持ったマグカップから、ふぅふぅ言いながら熱いお茶を飲む姿は、なんとも可愛いものだ。

『いつもこうならな』

行儀よく椅子に座った真澄を見ながら、苦笑混じりに独りごちる翔吾。

冷静に考えると、「なんで、俺がここまで!」と思うこともしばしばなのだが、ピアニストとしての真澄には、翔吾にそこまでさせるだけの価値が確かにある。

やがて、調律作業を終えた翔吾は、その事実を改めて実感した。

『やっぱり、コイツは……！』

ラ・カンパネラ——原曲はバイオリンの神様と称えられたニコロ・パガニーニのバイオリン協奏曲第2番第3楽章。

リストはパガニーニの演奏に感銘を受け、自らピアノにアレンジし、第一稿を手がけた一八三二年から、およそ二十年の歳月をかけて第三稿まで推敲し、新たな魅力溢れる曲として完成させた。

一度耳にしたら忘れられない、繊細で美しい調べ。

絶えず鳴り続ける輝かしい高音の響き。

ピアノの名曲、《ラ・カンパネラ》とは、イタリア語で鐘を意味する。

主旋律の音と交互に奏でられる、キラキラと響いて印象的な高い音は、鐘の音を表現するレのシャープだ。

天才リストは、巧みな技巧を凝らすことで、鳴り響く鐘の音をさらに研ぎ澄まされたものとして聴衆に印象づけた。

そう、極めて繊細で無限に続くかのような途切れのない演奏の実現のために、リストが用いた様々に画期的な奏法は、いかにもピアノの名手らしい、超絶的なテクニックを駆使したものだ。

連打、トリル、跳躍――。

リスト自身が天才ピアニストだったからこそ生み出された、多彩にして煌びやかな音色は、正に究極の美だ。

そして、今、翔吾の目の前で、その至高の音色が再現されていく。

『真澄…！』

どこまでも高く天上世界へと、華麗に響き渡るリストの鐘の音。

翔吾は鳥肌が立つ思いだった。

調律作業は大抵、やりすぎるとピアノの性格が変わって、最終的には音色が壊れてしまう。

それなのに、真澄と作業をしていると、まるで底なしに心が魅入られていくようだ。

なぜなら、翔吾がやればやっただけ、真澄は奏でる音色でそれ以上を返してくる。

あたかも互いに競い合うかのごとく、果てしなく上へ上へと昇り詰めて、この作業はいったい、どこまで続くのだろうか。

少しでも気を抜けば、一瞬にして真っ逆さまに落ちてしまうであろう緊張感。

滾る思いに、感覚が否応なしに研ぎ澄まされていく。

『ああ…！』

正に調律師冥利に尽きる刹那《せつな》――。

常に感覚でものを言うピアニストと、それをピアノという機械に確かな技術で翻訳していく調律師との飽くなき探求は、スリリングなセッションにも似ている。

対照的な二人が切磋琢磨《せっさたくま》していくことで、至高の音色で奏でる音楽が創り上げられていくのだ。

そして、それは至福の時を共有する、二人だけにしかわからない音の世界。

スタインウェイを挟んで向き合った二人の時間は、瞬《またた》く間に過ぎていったのだった。

＊　＊　＊

あれから三週間——。

真澄のデビューリサイタルを一週間後に控えながらも、その日、翔吾はアームストロング財団の定例理事会の末席で、ブラッドが仕切る会議の成り行きを見守っていた。

普段は腕利きの調律師として多忙なスケジュールを精力的に熟《こな》す翔吾だが、その一方で、総帥バネッサ・アームストロングの孫の一人として、非常勤ながらも財団の理事に名前を連ねているからだ。

ちなみに本日の議題の中心は、現在、ロウアー・マンハッタンに財団が新たに建設中のコンサートホールに関わる工事の進捗状況と、その柿落《こけらお》としとして、十二月に開催が予定されている大規模なチャリティー・コンサートについて。

目下の課題は、未だに目玉となるゲスト奏者が決まっていないということらしい。

『まぁ、お祖母様の鶴の一声で、すべては決まるんだろうけどな』

翔吾は机の上の資料に目を通しながら、胸の中で独りごちた。

そもそも、今日の理事会を欠席しているバネッサは、現在、欧州へ視察旅行に出ている。

きっと、パリかウィーン辺りで、コンサートで演奏させるお気に入りの音楽家を見つけてくるに違いない。

『それより問題は、今ある老朽化したホールを、今後どうすべきかだろう』

一応は理事らしく、翔吾にも会議で本当に検討すべき点は把握できている。

それというのも、売却先に名乗りを上げていた再開発関連の企業が、折からの不況を理由に契約を中断した結果、ホールは閉鎖状態を続けるしかなく、悪くすれば、今後数年間は塩漬けにもなりかねない状況だからだ。

もっとも、そうした実務に関しては、翔吾は余計な口を差し挟まず、専任のブラッドに任せておくのが一番の得策であり、間違いがない。

非常勤理事の翔吾としては、あくまでもオブザーバー的立場でありたいのだ。

とはいえ、いくら財団経営などに興味はなくとも、一族の一員として、相当数の株式を保有していることから、翔吾も最低限の責任は果たさなくてはならない。

何しろ、所有する株式の総数からすれば、翔吾は切れ者で次期総帥の呼び声も高い従弟のブラッドの、およそ四倍もの株式を持ち合わせている。

その数の差は、つまり、バネッサの長女である翔吾の母親が、日本人の夫ともども、二十五年前の飛行機事故で死亡した結果、相続した財産によるものなのだが、やる気のあるブラッドよりも、オブザーバーを志望する翔吾の方が議決権を多く持っているというのは、なかなかに厄介な問題だ。

お陰で、本人にはまったくその気がないというのに、バネッサ・アームストロング一番のお気に入りの孫でもある翔吾を、ブラッドよりも後継者に相応しいとみる困った連中も少なくない。

そもそも、そうした傍迷惑な連中の目的は、財団の女帝たるバネッサに対するおべんちゃらなのだから、そのダシに使われる翔吾にとっては堪ったものではない。

『そんなくだらない事で、ブラッドとの関係が気まずくなったら、どうしてくれるんだ…』

翔吾としては、悩ましくも如何《いかん》ともしがたい頭痛の種である。

正式には、翔吾・アームストロング・高瀬という名前でありながら、普段は高瀬翔吾という日本名で通しているのも、妙な思惑に巻き込まれたくないからであり、世間から無用の注目を集めないためでもあるのだ。

とはいえ、そうそう素性は隠しきれず、日本人の父親を持ちながら、バネッサ・アームストロングの孫に生まれてしまった翔吾の日常は複雑だ。

「――翔吾」

やがて、会議が終わって立ち上がった翔吾に、同じく席を後にしたブラッドが声をかけてきた。

今日は「兄さん」とは呼ばないところをみると、どうやら頼み事の向きではないらしい。

「この後、ランチの予定は？」

「いや、特には…」

「だったら、《モダン》で一緒にどう？」

「いいね、だけど――」

魅力的な誘いではあったけれど、生憎、二時から仕事が入っている翔吾には、フレンチレストランで優雅にランチをとるほど、時間的に余裕がなかった。

ところが、断りを口にした翔吾に、ブラッドが首を振った。

「その仕事って、例の真澄・ビアレッティだろ？　だったら大丈夫。マネージャーのエリンも同席するから、スケジュールを一時間ずらすように調整してもらうよ」

有能なビジネスマンらしく、段取りを心得たブラッドの提案に、翔吾は肩を竦めて乗るしかなかった。

もっとも、アポの直前になって、一時間も待たされることになる真澄は、さぞかし腹を立てて臍《へそ》を曲げることだろう。

仕事上の実害はないはずでも、いよいよ追い込みだというこの時期に、手のかかるサーバルキャットのご機嫌が損なわれるのは、まずまず困ったことではある。

『結局、宥《なだ》め賺《すか》すのに一時間残業かな…？』

苦笑を覚えつつ、翔吾はブラッドとともにレストランに向かったのだった。

コンテンポラリーで贅沢《ぜいたく》な食事空間――。

近代美術館の中庭に面したレストランは、いつ訪れてもダイニングルームからアート感覚に溢れた眺望を楽しめるのが売りだ。

「スケジュールの調整は、もうできてますから」

先にテーブルに着いて待っていたエリンに言われて、翔吾は困り顔で肩を竦めた。

「アイツ、怒っていたでしょう？」

「さぁ？　真澄の扱いは、今や私よりも翔吾さんの方が上手ですから」

「そんな、マネージャーが無責任な」

一応は非難がましく言ってみたものの、実際、翔吾が専属の調律師について以来、真澄は危なげな夜遊びも、酔い潰れるほどのアルコールもやめたそうで、そのご乱行ぶりに頭を痛めていたエリンにしてみれば、そんな軽口が出るのも無理はない。

「ホント、今後の参考までに、是非ともその秘訣を教えてもらいたいものですわ」

「いや、それは……」

もう何度目になるのかわからない、エリンからのこの手の質問に、翔吾は言葉尻を濁した。

わざとそうしているわけではないのだろうが、忘れかけた頃、きっちり翔吾にアノ事を思い出させてくれるエリンには、なんとも閉口させられてしまう。

『まったく、いい加減、勘弁してくれよな……』

その都度、嫌でも鮮やかに蘇《よみがえ》ってきてしまう、艶《なま》めかしくもイケナイ記憶。

しかし、尋ねられた翔吾が、今回もまた曖昧《あいまい》な笑みを浮かべて、答えをはぐらかしたのは言うまでもない。

『まさか、バスタブに押さえ込んで、セクハラしましたなんて言えるわけないからな……』

開いたメニューのページに視線を落とすふりをして、翔吾は決まりの悪い思いを誤魔化《ごまか》そうとしていた。

だいたい、今にして思うと、どうしてあそこまでやってしまったのか――。

確かに、荒れる真澄を持て余し、八方手詰まりに陥っていたエリンからは、一ヶ月後に迫ったデビューリサイタルさえ無事に果たせるならと、翔吾は全権を委任されていたし、その後の絶大な効果を考えれば、結果的に悪くない手だったのには違いない。

だが、当初の予定では、身の程知らずで向こう見ずなお坊ちゃまに、翔吾はガツンと一発食らわせて、今後の主導権が誰の手にあるのかを思い知らせてやるだけのつもりだった。

だから、自堕落に酔い潰れていたのをバスルームに担ぎ込み、有無を言わさず水責めにするだけで、力の差を見せつけてやるには十分だったはずだ。

実際、気ばかり強くても、非力な真澄からはすぐに泣きが入り、翔吾はあの小生意気な口から、「お願いします」と言わせることにも成功した。

『それなのに、アイツがあんなふうに勃たせたりするから……』

思わぬ方向へとエスカレートしてしまった調教行為への、責任転嫁とも呼べる言い訳。

しかし、どう言い逃れしてみたところで、翔吾がその苛虐《かぎやく》に満ちた淫猥なプレイをタップリと堪能した事実は否定できない。

そう、あの時、勝ち気で生意気な琥珀色の瞳が、屈辱の涙に濡れながら睨んでくるのが堪らなく扇情的で、翔吾は真澄を甚振る手をとめられなかった。

開いたファスナーの奥から引き摺《ず》り出され、恥ずかしそうに半分だけ露出した小さな鈴口から、透明な蜜を溢れさせて震えていた、ほっそりと形のよいピンクの花芯《かしん》。

いつもは小憎らしく命令口調を吐く唇が、翔吾の意のままに、甘く淫らな啼き声を上げ続けるのにも、支配欲と雄の本能をくすぐられた。

本音を言えば、もっと苛《いじ》めて、あられもなく啼かせてやりたかったほどだ。

『完璧《かんぺき》、あれは犯罪だ……！』

翔吾は頭が痛かった。

セックスの対象として、男も範疇に入ると認めている翔吾だが、男女の区別なく、子供だけは絶対に首尾範囲から外れている。

だから後になって、真澄の年齢がもうすぐ十九歳だと聞いたときには、翔吾は心底安堵《あんど》したものだ。

『やれやれ……』

もちろん、その後は一度たりとも、真澄に手を出す素振りすら見せていないものの、邪《よこしま》に悦《たの》しんだ自覚のある翔吾には、なんとも面映ゆく、エリンから《秘訣》を尋ねられる度に、冷や汗が出そうになるのだった。

そんなわけで、ブラッドが会話に参加してくれたのは、翔吾には何よりの助け舟となった。

「それで？　例のピアノの王子様、調子はどうなの？」

「ピアノの王子様、だって？」

わざとらしく聞き返したものの、そのふざけた呼び名が、真澄につけられたものの一つだということは、当然、翔吾にもわかっていた。

まだ正式にはデビュー前だというのに、すでに様々ある華麗な呼び名。

その中にあっては、ピアノの王子様というのは実に控え目なものだが、身近でその実態を見知っている翔吾には、正直、片腹痛い。

誰も彼も、あの見た目の美青年ぶりに騙されているのだ。

確かに、舞台衣装の燕尾《えんび》服に身を包み、澄ましてピアノの傍らに佇めば、輝く亜麻色の髪を持つ真澄は、琥珀色の瞳が魅惑的な王子様に違いない。

だが、幾分おとなしくなったとはいえ、真澄は相変わらず、とんでもなくわがままで生意気で、ちっとも言うことを聞かない癇癪《かんしやく》持ちのサーバルキャットなのだ。

もっとも、気位が高くて、何事も自分の思いどおりにならないと我慢ならないというのは、ある種の王子様気質というか、女王様気質と呼べないこともないだろう。

とはいえ、単なるわがまま王子とは一線を画するものが、真澄・ビアレッティには確かに存在している。

それは天からの恩寵としか言いようのない、真澄が持つピアニストとしての圧倒的な才能である。

『なんと言うか……本当に……』

自分自身も音楽に造詣《ぞうけい》が深く、これまで世界中で多くのピアニストと仕事をしてきた翔吾にとっても、それは目を瞠るほどの驚きだった。

未だ整音作業すら行われていなかった、あんな調律過程のピアノでさえ、異彩を放つ真澄の輝きをくすませることはできなかったほどだ。

あの日、真澄が初めて翔吾の前で奏でた、リストの《ラ・カンパネラ》。

本当の意味で、調律師としての翔吾のスイッチが入ったのは、たぶん、あの演奏を耳にした瞬間からだ。

ただ純粋に、この才能を活かしきる最高の音を創り上げたいと願った一瞬——。

調律師となって十年あまり、自分の仕事には誇りを持ち、常にプロとして最高を目指してきた翔吾だけれど、自ら心を揺り動かされるようなピアニストには、そう多くは出会えるものではない。

たとえ、他に百難あろうとも、あの煌めく才能一つでお釣《つ》りが来るほどだ。

事実、この三週間というもの、翔吾はどんなに腹立たしい思いに駆られても、日々、研ぎ澄まされていく真澄の演奏を聴くだけで、すべての雑事を忘れて仕事に没頭できた。

ただひたすらに、真澄・ビアレッティというピアニストのために——。

『まったく、大したものだ……』

未だ十九歳に届かない年齢で、すでにあれほどまでの力量。

あの見目麗しいルックスと、類稀なる才能に恵まれていては、これまで周囲の誰もが手放しで真澄を甘やかし、結果、とんでもないわがまま王子が誕生したのも納得の仕儀だ。

『俺にとっては、王子様というより、手の焼けるサーバルキャットだけどな……』

クスリと笑みを漏らして、翔吾はブラッドに頷いた。

「ああ、王子様の仕上がりは順調だ」

「そうか、それを聞いて安心したよ。欧州視察の旅に出ているお祖母様が、真澄・ビアレッティの様子を気にしていると、メールが入っていたんでね」

「お祖母様からメール？」

「いや、正確にはお祖母様の秘書から」

翔吾とブラッドは顔を見合わせて、それから二人同時に声を上げて破顔した。

何しろ頑固な祖母は、ビジネスでは割り切っているものの、プライベートではアームストロング家の紋章入りの便箋《びんせん》に愛用のペンを走らせるという、今時、筋金入りのメール嫌いなのだ。

もちろん、自筆で手紙を書くのはよい習慣だけれど、子供の時分から、大人になった現在に至るまで、祖母からは毎年、紋章入りの便箋が大量に送られてきて、当然、前の年の分を使いきれていない翔吾とブラッドは、ありがた迷惑にため息を吐くばかりだ。

しかも、孫なら他にも二人、ミラノでオペラ歌手をしているグロリアと、パリのコンセルバトワールでチェロを勉強中のメレディスがいるというのに、バネッサからこの便箋攻撃を受けているのは、翔吾とブラッドの二人だけ。

それは、六歳で両親を飛行機事故で亡くした翔吾と、四歳で両親が離婚したブラッドが、ともにバネッサの手元で育てられたという経緯があってのことなのだけれど、とにかく、この困った贈り物について解《わか》り合えるのは、家族の中で翔吾とブラッドの二人だけなのである。

「いや、ホント、参るよ！」

「ああ、まさか紋章入りの便箋を、新聞と一緒にゴミに出すわけにもいかないしな？」

兄弟同然に育った者同士、そこから、あれやこれやと話が盛り上がり、注文したマグロのタルタルも十分に堪能した。

久しぶりに寛《くつろ》いで、ゆったりと楽しんだ食事のとき。

やがて、食後のコーヒーが運ばれてきた頃、ブラッドが話を切り出した。

「ところで、翔吾、お祖母様がパリでアレンの演奏を聴いたらしいよ」

「…っ!?」

瞬間、翔吾はコーヒーカップに伸ばしかけていた手をとめた。

『アレン…！　アレンだって…！』

思わず跳ね上がる胸の鼓動。

驚きを隠しきれず、カップから視線を上げた翔吾は、ブラッドの顔を見返した。

アレン・シモンズ――才能豊かなバイオリニストにして、かつては翔吾の恋人だった男。

しかし、十年前に起こったある事件の後、アレンは独り翔吾の元から旅立ち、現在はパリを拠点にヨーロッパで広く活躍する華やかなスター奏者として名を馳《は》せている。

普通に考えれば、大のクラシック愛好家である祖母が、欧州視察中にそんなアレンの演奏を聴く機会を持ったとしても不思議はないだろう。

しかし、翔吾には、容易に信じることができなかった。

なぜなら、バネッサ・アームストロングが、アレン・シモンズに対して強い悪感情を抱いていたからだ。

いや、少なくとも十年前のそれは、悪感情などと生易しいものではなく、憎悪とも呼べるほどに激しいものだった。

実際、事件当時のバネッサは、アームストロング財団の総帥という立場も、周囲の人目すらも憚《はばか》らず、二十歳《はたち》そこそこの学生でしかなかったアレンに対して、火を噴くような怒りを爆発させた。

『アレン…』

思い出すと、今も慙愧《ざんき》と苦い後悔の味がする過去。

事実、他にも理由は様々あったにしろ、アレンがニューヨークを去る決意をした大きな要因として、音楽業界に強い影響力を持つバネッサの存在があったことは否めない。

十年前、まだジュリアード音楽院の学生だったアレンにとって、絶大な権力を持つ女帝に睨まれていては、ニューヨークでの成功は望むべくもなかったからである。

だが、あれから十年の時が流れている。

歳月は人の思いに変化をもたらし、状況を好転させるものなのだろうか。

「――それで、お祖母様は、なんと?」

多少の期待を込めて尋ねた翔吾に、ブラッドは困ったように肩を竦めた。

「秘書によると、何も言わなかったそうだ」

「何も?」

「そう、一言も。だけど、サロンの演奏会に招待してくれた大使夫人の手前、演奏自体は最後まで聴いたってさ」

「そうか、最後まで……」

翔吾はしばし、その時の祖母の心中に思いを巡らせてみた。

まず、礼節を弁えた言動が何より肝要な社交の場に於いて、大使夫人の隣に座ったバネッサが、途中退席することなく最後まで演奏を聴いたというのは、ゲストとして当然の礼儀だったと言えよう。

しかし、ブラッドの言う、「一言もなかった」というのは、どう受け取るべきだろうか。

本来、バネッサは熱烈なクラシック愛好家であるがゆえに、手厳しい批評家でもある。

その彼女が自ら出席した演奏会について、同道した秘書にすら酷評の一つも漏らさなかったとしたら、それは通常、評するに値しないほどつまらない演奏だったということだ。

けれど、翔吾はアレンの演奏を知っている。

卓越した技能はもちろん、あの華やかで情熱的なアレンの演奏に、退屈など無縁だ。

ならば、やはり音楽以外の問題が影響していると考える他ない。

『過去が消えることはないのか……』

じわじわと胸に広がり出す暗澹《あんたん》たる思い。

翔吾はわずかに瞳を伏せて、すっかり冷めてしまったコーヒーに口をつけたのだった。

＊　＊　＊

一方、アッパー・ウエストサイドでは、麗しのサーバルキャットが、案の定、不機嫌全開で翔吾を待ち受けていた。

「遅刻だ、翔吾！　僕をこんなに待たせるなんて、絶対に許さないんだからな！」

ある意味、予想どおりの出迎えに、苦笑した翔吾だったが、遅刻呼ばわりは聞き捨てならない。

「今日は一時間繰り下げだって、昼頃、エリンから連絡があっただろう？」

「そんなの、僕は認めてない！」

「認めてないって、お前……」

「だいたい、この僕を待たせてエリンと二人で食事だなんて、考えられない！」

咆《ほ》える真澄に、翔吾は肩を竦めた。

さて、この場合、真澄が怒っている比重がより高いのは、待たされたことに関してか、それとも、自分だけが仲間はずれにされて、食事に同席できなかったことに対してか。

『七対三で、仲間はずれってとこかな?』

翔吾の想像は、たぶん当たっているだろう。

何しろ、この三週間で、翔吾はかなり真澄の取扱説明書に詳しくなった。

真澄・ビアレッティは、ピアニストとしては将来、間違いなくマエストロと呼ばれ、世界最高峰を目指せる才能に恵まれているけれど、それ以外の面では、今のところわがままで困ったお子様でしかないのだ。

そして、子供は仲間はずれというものに敏感だ。

これまで自分が世界の中心というスタイルで育ってきた真澄にとっては、尚更、自分が疎外されるなんて、我慢のならない屈辱に違いない。

『仕方のない坊やだ』

翔吾は自分なりに把握した説明書に従って、真澄がこれ以上、臍を曲げてしまわないよう修復作業に取りかかった。

「いいか? 今日のはビジネスランチだ」

「そんな見え透いた嘘…!」

「嘘じゃないさ。だいたい、食事をしたのはエリンと俺だけじゃない。アームストロング財団の理事が一緒だった」

「ふ、ふ〜ん、そうなんだ？」

思ったとおり、自分だけが意図的に仲間はずれにされたわけではないとわかった途端、真澄の琥珀色の瞳からは怒気が消えた。

まったく単純なものだが、実際、周囲の大人たちから際限もなく甘やかされ、ちやほやされてきたせいか、真澄には実年齢よりもずっと幼いところがある。

リストやショパン、ラフマニノフといった難曲を、易々とその超絶技巧で弾き熟す天才的な一面とのアンバランスが、なんともいえず不可思議だ。

とはいえ、世に天才と呼ばれる者たちには、多かれ少なかれ、常人の理解を超えて偏ったところがあるものなのかもしれない。

『なんだかなぁ……』

すっかり機嫌を直した真澄の様子を見ながら、翔吾は、今や真澄の扱いは自分より翔吾の方が上手いと言った、エリンの言葉を思い出していた。

認めたくはない発言だが、どうも事実のような気がしてならない今日この頃。

とはいえ、今にして思うと、旧友という名目のもと、財団理事のブラッドまで取り込んだエリンの策略に、翔吾はまんまと嵌ってしまったのかもしれない。

『影で笑われてたら、最悪だな……』

あくまでも調律師として仕事を受けたつもりが、いつの間にか、体よく世話係の仕事も分担させられているとしたら――。

『あまり深く考えたくない問題だ……』

けれど、そう思った端から、翔吾は自分が置かれた現実に直面させられることになった。

怒りの鎮まったサーバルキャットが、まるで思い出したように、「お腹が空いた」と言い出したのだ。

「は？　お前、この時間に？」

まさか本物の子供でもあるまいし、三時にミルクとクッキーが欲しいのかと訝《いぶか》しんだ翔吾だったが、聞けば、真澄は昼を食べていないと言う。

「なんで食べなかったんだよ？」

尋ねた翔吾に、真澄はムッとして言い返してきた。

「だって、翔吾が僕を待たせるから悪いんだ…！」

「はぁ？」

ふざけた真澄の物言いに、思い切り鼻白んだ翔吾だったが、考えてみれば、こうなった経緯は容易に想像がつく。

たぶん、無断でアポを変更された真澄は癇癪を起こした挙句に、せっかく来てくれた通いのハウスキーパーを追い返してしまったのだろう。

何しろ、真澄は一つ事に気を取られると、他が見えなくなってしまう性格だ。結託したエリンと翔吾に、自分だけ仲間外れにされたと思い込み、頭に血を上らせた状態では、昼食について尋ねるハウスキーパーの言葉など、真澄の耳にはないらなかったに違いない。

結果、お腹《なか》を空かせることになったサーバルキャットは、ますます不機嫌になって、自分を待たせる翔吾への怒りを募らせていたというわけだ。

それにしても、こうなることは当然エリンも承知していたはずで、わかっていながら「私は次の打ち合わせがあるので」と、にっこり笑顔でレストランから立ち去った彼女を思うと、翔吾としては「やられた！」としか言いようがない。

確かに、リサイタル当日まで一週間を切って、いよいよ真澄を売り込まねばならないエリンは、マスコミや音楽出版関係から将来のスポンサーを見込めそうな先まで、東奔西走して多忙を極めている。

つい三週間前まで、肝心の真澄が自暴自棄に陥っていたせいで、エージェントとしては、広告を打つタイミングからチケットの売り出しまで、すべての予定が後手後手になってしまったのだから無理もない。

しかし、だからといって、その皺寄せが翔吾に来るのは如何《いかが》なものか。

『俺は調律師なんだぞ！』

翔吾は声を大にして主張したかった。

だが、何を怒鳴ったところで、翔吾の目の前にいるのが、膨れっ面の真澄であることに変わりはない。

自分でなんとかしろと言うのは簡単だけれど、この不器用な生活無能力者に、キッチンナイフで指でも切られた日には、目も当てられないではないか。

『クソッ…！』

苛立ちに、その黒髪を掻き毟《むし》ると、翔吾は脱いだ上着をソファーに投げつけた。

そのまま、シャツの袖を乱暴に捲りながら向かった先は、いつものスタインウェイの前ではなく、この部屋のキッチンだ。

一方、いきなり踵《きびす》を返した翔吾に、真澄が驚いたのは言うまでもない。

「ど、どこ行くんだよ…！」

慌てて翔吾の後を追った真澄は、しかし、キッチンでさらに驚くことになった。

翔吾が料理を始めていたからである。

普段はチューニングハンマーや音叉を持つ手が、今はキッチンナイフを握り、冷蔵庫から出したグリエールチーズとハムを切っている。

『へぇ…』

なんだか物珍しくて、カウンターのすぐ横手から作業を覗き込もうとした真澄に、翔吾が釘《くぎ》を刺してきた。

「見てるのはいいが、手は出すなよ！　怪我《けが》をされたら堪らない」

「わ、わかってるよ！」

小さな子供みたいに注意されたことに唇を尖らせつつも、真澄は両手を後ろに組んで、翔吾の傍から離れなかった。

『まったく、コイツは…！』

その熱心さに違いはあれども、翔吾の手元を覗き込もうとする様は、まるで調律作業をしているときと同じだ。

ひどく腹立たしいのに、どうにも憎めないその仕草。

『ああ、クソッ…！』

今の翔吾が苛立っているのは、わがままで俺様な真澄の言動に対してでも、エリンの策略に対してでもなく、ただ、すべてを許容してしまっている自分自身に対してだった。

そう、本当にムカつくばかりなのに、長く真澄と一緒にいると、ついつい取り込まれて、気がつけば、締めていたはずの手綱が緩んでいることも少なくないという現実が許せない。

最初にガツンと一発食らわせて、がっちり真澄を調教してやったつもりが、今は翔吾の方がじわじわと、気づかぬペースで調教されているような気がするのは、本当に気のせいなのだろうか。

『いや！　所詮、あと一週間だけのことだ…！』

自らに強く言い聞かせて、翔吾は熱したフライパンにたっぷりのバターを投入した。

ジュッと音を立てて溶けたところへ、先程のハムとチーズを挟んだパンを入れ、キツネ色になるまで両面を焼き上げる。

皿にとってナイフを入れれば、熱々のグリエールチーズがトロリと溶け出す、翔吾特製のクロック・ムシュウの完成だ。

「わぁ…！」

魔術師の指がキッチンでも有効なことに、真澄は感嘆の声を上げた。

その無邪気な顔つきに、ついつい絆されてしまいそうになる自分を、わざと作った顰め面で抑えて、翔吾は真澄を促した。

「そら、これを食べたら仕事だぞ！」

これで世話係は終了とばかり、翔吾はカウンターのスツールに座る真澄の前に、クロック・ムシュウの皿を突き出した。

ところが――――。

「これ、どうしたの？　この傷……」

真澄に突き出した左腕を摑まれて、翔吾はギクリとした。

本来、翔吾は右利きなのだが、今はパンに切れ目を入れたナイフを右手に持っている関係で、左手で皿を出したのだ。

そして、シャツの袖を大きく捲った翔吾の左腕には、少し目立つ傷跡がある。

「翔吾…?」

「あ? ああ、これな……」

翔吾は腕を引っ込め、なんとなく右手で傷跡を覆った。

いつもは特段、気にも留めていない傷跡を、なぜ今日に限って隠すようなマネをするのだろうか――。

『アレン……』

昼間、久しぶりにブラッドの口から聞いたその名前が、左腕を押さえる翔吾を、苦い過去へ引き戻そうとする。

だが、翔吾はすぐに現実に立ち戻った。

「事故の痕《あと》だよ」

気づかれてしまった以上、隠す方が不自然なので、翔吾はもう一度、左腕を真澄の前に戻してやった。

「お前くらいの歳の頃、車の衝突事故で潰されたんだ」

「つ、潰された!?」

「ああ、でも大丈夫。優秀な整形外科医が治してくれて、今は特に問題ない。調律作業でも料理でも、俺が不自由してるように見えたか？」

尋ねられて、真澄は首を振った。

真澄の前では、翔吾はいつだって魔術師だったからだ。

「わかったら、熱いうちにさっさと食べてしまえ！　本番まで、あと一週間しかないんだからな！」

再度、真澄を強く促して、翔吾は一足先に音楽室へ向かった。

もっとも、今の真澄のコンディションであれば、本番が明日であっても大丈夫。

それが何万人の聴衆であろうと、真澄の奏でる《ラ・カンパネラ》なら、すべての人々の魂を鷲摑《わしづか》みにして魅了するに違いない。

あの天上世界に響き渡る鐘の音は、真澄・ビアレッティという稀有《けう》なる存在を、高らかに知らしめるものになるだろう。

『そうなったら、いよいよわがままな性格に磨きがかかって、ますます扱いが難しくなりそうだな……』

成功のビジョンを確信しながらも、個人的に密かな憂えを覚えている翔吾。

けれど、そうした様々な思いとは関係なく、いざスタインウェイを前に独りになると、翔吾の心には、どうしようもなく過去の出来事が頭をもたげてきた。

『アレン…！』

思い出したように左腕に走る過去の痛み。

真澄を待つ間、しばし翔吾は左腕の傷跡を押さえて、過ぎ去った遠い日の出来事に思いを馳せたのだった。


そう、あれは十年前――。

二十一歳の翔吾は、恋人のアレンと同じくジュリアード音楽院の学生で、将来を嘱望される若手のピアニストでもあった。

実際、今の真澄と同じようにデビューリサイタルを間近に控え、同時進行で何曲かのレコーディングに臨んでいた翔吾は、夢と希望で胸をいっぱいに膨らませていた。

果たして、そんな翔吾の将来を、誰よりも楽しみにしていたのが、育ての親でもある祖母のバネッサ・アームストロングだった。

なぜなら、自分の血を引く子供たち、あるいは孫たちの中から、傑出した才能を持つピアニストを生み出すことこそが、バネッサの長年の夢だったからである。

「――お前には、最高のピアニストだった柳原《やなぎはら》翔吾の血が流れているのよ！」

それが翔吾に対する、バネッサの昔からの口癖。

柳沢翔吾というのは、今は亡き日本人ピアニストであり、バネッサが唯一、全身全霊を傾けて愛した夫でもあった男の名前だ。

ちなみに、翔吾の名は、祖父である彼から引き継がれたものであり、そう名づけることを望んだバネッサの、孫に対する並々ならぬ期待の大きさが窺《うかが》える。

そう、クラシック音楽への極端ともいえるバネッサの絶対的価値観の根幹を成すものは、世界大戦の荒波も、人種差別による偏見も乗り越えて結ばれながら、わずか五年の結婚生活で早世してしまった夫に対する、狂おしいばかりの愛に起因しているのだ。

そして、高瀬という日本人指揮者の父親を持ったがために、他の孫たちよりも色濃く夫の面影を宿す翔吾を、バネッサは盲目的に愛した。

翔吾に祖父を彷彿とさせるピアニストとしての才能があったことも、その溺愛ぶりに拍車をかけた要因だ。

ましてや、翔吾は六歳という幼さで、演奏旅行中の両親を一遍に亡くしている。

手元で育てることとなった不憫な孫への愛情は、いやが上にも深まり、日々、強くなっていったのにも頷けるというものだ。

ところが、念願のデビューリサイタルまで、あと一ヶ月と迫ったところで、予期せぬ悲劇は起こった。

リハーサル続きの毎日の中、ちょっとした息抜きのつもりで、恋人のアレンと出かけたドライブ旅行の帰り、翔吾は事故に巻き込まれたのだ。

事故当時、翔吾の車を運転していたのはアレンだった。

助手席にいた翔吾は、対向車線から飛び出してきた車に突っ込まれ、左腕を潰されてしまった。

乗っていた車が右ハンドルの日本車だったことも、運転していたのがアレンだったことも、さらに言えば、暴走車が突っ込んできたことさえも、すべては不幸な偶然にすぎなかった。暴走車のドライバーに責めはあるとしても、アレンに罪がなかったのは言うまでもない。

それなのに、バネッサ・アームストロングは絶対にアレンを許さなかった。

医者から潰れた左腕の修復はできるが、リハビリを積んでも、日常生活に不自由がない程度までしか回復は望めないと聞かされたからだ。

ピアニスト生命の断絶――――それはバネッサにとって、最愛の孫を、そして、長年の夢を殺されたも同然だったのである。

結果、理不尽な怒りと憎しみに曝され、アレンはニューヨークを去ることになった。

『アレン……!』

十年が経《た》った今も、あの当時、アレンとの間に繰り広げられた葛藤を思うと、胸が掻き毟られる思いに駆られる。

幸せな恋人同士だったはずが、奇跡的に無傷だったアレンはバイオリニストとしての展望を求め、反対にデビューを目前に控えながら、ピアニスト生命を絶たれた翔吾は未来を見失ってしまった。

互いを責めることはなかったけれど、決して元には戻らなかった二人の関係。

愛し合う気持ちに変わりはなくとも、二人でいると、アレンはどうしようもなく翔吾に負い目を感じ、そんなアレンを苦しみの呪縛《じゅばく》から救うには、二人の関係を解消するしかなかった。

実際、当時はまだ調律師の道を志すなど思いも及ばず、ただ何度となく繰り返される左腕の再建手術に鬱々と耐えるばかりだった翔吾が、ヨーロッパへ同道するなどと言い出したら、アレンにはとてつもない負担だったに違いない。

だが、その一方で、あくまでも恋人としてアレンを護り、ともに生きていく道を模索すべきだったのではないかという思いが、今も翔吾の胸の奥底に、澱《おり》のように沈んで消えない。

『結局、俺は逃げただけなのかもしれない……』

込み上げてくる苦い感慨。

蒼黒の瞳を曇らせて、翔吾は今も傷跡を残す左腕を強く握り締めたのだった。


一方、キッチンでクロック・ムシュウを頬張る真澄はといえば、目にしたばかりの翔吾の左腕の傷跡に、すっかり気を取られていた。

「痛かっただろうな…」

呟いて、真澄は自分の白い腕に目をやった。

翔吾は問題ないと言っていたけれど、もしも、それが真澄の手だったら、あんな大怪我どころか、指先に小さな棘《とげ》が刺さっただけで大問題だ。

『僕と同じ歳くらいの時の事故……』

わかっていても、真澄にはなんだか不思議な気がした。

あの翔吾に、今の自分と同じ年頃の時があったというのが、どうにも信じられないのだ。

「生まれたときから偉そうな大人みたいな顔してるくせにさ！」

小さく悪態を吐いて、真澄はフォークを皿に突き立てた。

無礼で傲慢で憎らしくて、だけど、意外にも美味《お い》しいクロック・ムシュウを作ってくれる魔術師――。

このところ、真澄は翔吾のことばかり考えているような気がする。

『だって、アイツが、ちっとも僕を大事にしないから…！』

真澄は悔しげに唇を噛み締めた。

そう、翔吾はこれまで真澄の周りにいた、どんな大人たちともまるで違っていた。

少しもちやほやしてくれないし、機嫌も取ってくれない。

欧州の社交界では、名だたる名士や淑女でさえ、時に召し使いのように傅《かしず》いてくれたというのに、翔吾ときたら、真澄に敬意の欠片《かけら》も払ってくれない。

それどころか、翔吾は不遜にも、真澄に対してとんでもない無体すら働いたのだ。

『そうだよ、翔吾のヤツ…！　この僕に、あんな、あんな…！』

思い出す度、躯中がワナワナと震え出す屈辱感。

けれど、それだけではない感覚が、尚更に真澄のプライドを傷つける。

受けた恥辱など、記憶から完全に消去してしまいたいはずなのに、いいように嬲《なぶ》られ、翔吾の長い指で浅ましく吐精させられた生々しい感触が、躯の芯に染みついて離れないのだ。

『ああ、もう…！　どうして、こんな…！』

こうして考えただけで、躯が勝手に妖《あや》しい熱を帯びてくる苛立たしさ。

これまで、真澄の前に奴隷のように跪き、自ら唇や舌で奉仕してくれた男たちもいたというのに、あんな暴慢な甚振りに感じてしまった自分が許せない。

しかし、怒れる思いとは裏腹に、あれから自分を慰める度、いつの間にか真澄の指は、尊大で意地悪な魔術師のそれに代わってしまう。

『…っ！』

悔しくて、物凄く惨めで堪らないのに、どうしても忘れられない、あの屈辱の記憶――。

それなのに、真澄にこんな思いをさせておきながら、翔吾はまるで何事もなかったみたいに、あれから一度も真澄に触れてこようともしない。

『ホント、何様のつもりだ…！』

どんな男も女も、いつだって真澄に夢中になったというのに、涼しい顔で調律師に徹している翔吾が憎らしくて堪らない。

いや、翔吾が調律師として優秀だからこそ、尚のこと、真澄にはおもしろくないのだ。得難い魔術師の才を持つ男が、この真澄・ビアレッティに夢中じゃないなんて、どうして許しておけるだろうか。

『死んでも許せない……！』

だが、真澄の感情は、まるで片想《かたおも》いみたいに空回りばかりしている。

今日だって、エリンから翔吾と食事をするので、リハーサルは一時間遅れになると聞かされた途端、蔑《ないがし》ろにされたと思い込んだ真澄は、怒りと嫉妬《しっと》が入り混じった感情で頭がいっぱいになった。

そう、どのような場合に於いても、真澄は常に一番で特別でなければ気が済まないのだ。

とはいえ、そうした怒りと苛立ちに満ちた感情も、一度、スタインウェイの前に座れば、はるか遠くへと押し遣られてしまう。

スタインウェイを挟んで向き合えば、その間だけは、翔吾という魔術師は完全に真澄だけのものになるからだ。

けれど、また一歩スタインウェイの前を離れれば、すべては元の木阿弥《もくあみ》。

それでは真澄は満足できないのだ。

『もう、どうしてだよ…！』

募る苛立ちを抱えつつも、クロック・ムシュウを平らげた真澄は、翔吾の待つ音楽室へと向かったのだった。

＊　＊　＊

そして、芳しい五月の風の中、遂に迎えたデビューリサイタル当日——。

会場に一番乗りするのは、常に調律師である翔吾だ。

『いよいよだな…！』

翔吾はいつものように上着を脱ぎ、軽くシャツの袖を捲ると、ステージ上に置かれたスタインウェイに向かった。

今回は同じマンハッタン内にあるミッドタウンまでの近距離とはいえ、昨夜、厳重に梱包して出した真澄のスタインウェイが、輸送によって、その状態に変化を来していないかどうか、翔吾は詳細にチェックしていく。

もっとも、マンションの一室と巨大なホールとでは、条件の違いから、自ずと調整が必要になってくるのは言うまでもない。

やがて、一通りの作業が終わった頃、やっと登場するのがピアニストだ。

「真澄、ちょっと弾いてみてくれ」

翔吾は真澄の奏でる音を聞きながら、客席からその響きをチェックする。

特に問題がなければそれでよいのだが、今回はそうはいかなかった。

「ストップ、ストップ！」

客席奥から手を上げて演奏をとめると、翔吾はホールの裏方スタッフを何名か呼び集めた。

スタインウェイの位置を、少しばかり上手《かみて》奥にずらすためだ。

「よし！　最後に、気持ち一センチだけ！」

翔吾の号令で、わずかながらも位置を変えていくスタインウェイ。

傍目には、まったく些細《ささい》なことに思えるだろうが、このデリケートな微調整も、ピアノの響きを知り尽くした調律師ならではの技だ。

果たして、研ぎ澄まされた翔吾の聴覚は、ピタリと壺《つぼ》に嵌っていた。

「翔吾、聞こえる？　ちゃんと響いてる？」

位置を変えたスタインウェイの鍵盤を叩く真澄に、翔吾は客席の最後列から大きく両手で丸を作ってみせた。

「最高だ、真澄！」

これで舞台装置は整った。

場合によっては、ここでさらに整音作業が必要だが、さっそくリハーサルを始めた真澄の演奏を聴く限り、余計な手出しは不要に思えた。

どこまでも高らかに鳴り響く鐘の音。

『ああ、本番が待ちきれない…！』

客席最後列の真ん中に座り、続くリハーサルに聴き入る翔吾は、心の底からそう思ったのだった。


開演時刻は午後八時――。

二八〇〇を超えるメインホールの客席は、盛装したニューヨークの紳士淑女で埋め尽くされていた。

そして、彼らは十九世紀末に建てられたルネッサンス様式の殿堂に、天上の調べを奏でる天使、真澄・ビアレッティが降臨するのを目撃することになる。

小柄ながらも均整の取れた細身に、一部の隙《すき》もなく着こなした燕尾服に白蝶《しろちょう》タイ。

スポットライトに亜麻色の髪を輝かせて登場した真澄は、大観衆に臆《おく》することなくその美貌の顔《かんばせ》を上げ、優雅な仕草で一礼すると、スタインウェイの前に座った。

『始まる…！』

翔吾をも包む緊張の一瞬。

だが、その時、翔吾は客席にはいなかった。

滅多にないこととはいえ、弦が切れるなどの非常事態に備えるため、本番中、調律師がいるのは、常にステージの裏手だからだ。

調律師はピアニストが望む音色を生み出し、最高の演奏が行えるよう、ステージの幕が上がる寸前まで、粉骨砕身、持てる力を総動員して励むが、その集大成となる本番の舞台を客席から見ることはない。

華やかなスポットライトが当たる表舞台は、ピアニストだけのものなのだ。

『真澄…！』

瞬間、世紀の演奏、真澄・ビアレッティによる《ラ・カンパネラ》の幕が切って落とされた。

『ああ…！』

どこまでも果てしなく響き渡る、輝くように美しい天上の音色。

天才ピアニスト、フランツ・リストが後世に残る大作曲家へと転身を遂げたのは、二十年の歳月をかけて完成させた傑作、この《ラ・カンパネラ》である。

2オクターブに亘る右手の跳躍技巧。

右手の親指と人差し指による連打。

急速に行われるトリルによる華麗な装飾音。

次々と惜しげもなく繰り出される、それら多彩な超絶技巧によって、煌びやかに鳴り響く鐘の音が、執拗《しつよう》に強調されていく。

だが、天才の名をほしいままに、ピアノの魔術師とまで呼ばれた大音楽家は、全編に神業とも呼べる超絶技巧を鏤《ちりば》めながらも、それだけに終わらない、演奏者の心の襞《ひだ》にまで分け入った緻密な曲作りを行っている。

高度なテクニックの果てにある、この曲の真の姿に演奏者が心を動かし、聴く人の胸にその思いが伝わったとき、初めて聴衆の心に感動が湧き起こるのだ。

そして今、弱冠十八歳のピアニストが、このニューヨークの地で、見事なまでに大作曲家リストの期待に応《こた》えようとしている。

『真澄……！』

舞台裏に座して耳を傾ける翔吾は、胸の震えを抑えることができなかった。

この一ヶ月間というもの、演奏する真澄の傍らで、翔吾自身、何百回となく耳にしてきたはずなのに、今夜の音色はまた痺《しび》れるほどに格別だ。

誰に知られることがなくとも、それは真澄と翔吾が二人で創り上げた究極の音色なのだ。

『ああ、最高だ……！』

この先、長く調律師を続けたとしても、たぶん、そう何度も味わえないであろう、深く心を満たされるこの一瞬。

やがて、エクスタシーにも似た感動に身を委《ゆだ》ねる翔吾の耳に、熱狂した聴衆が贈る、割れんばかりの大喝采《かっさい》が聞こえてきた。

新たなるスターの誕生――。

明日の新聞は、美しき超絶技巧《ヴィルトゥオーソ》の演奏者の出現を、高らかに報じることだろう。

一方、これで翔吾の仕事は終わりを告げた。

いま少し、この熱い感動の余韻に浸ってから、翔吾は立ち上がり、舞台裏からも立ち去るつもりだった。

ところが――。

「翔吾っ…!!」

歓喜の叫びを上げながら、弾丸さながらに舞台裏に駆け込んできた真澄に、翔吾は度肝を抜かれた。

「…っ!?」

ステージ上で、観客の熱烈なスタンディング・オベーションにお辞儀で応えているべき主役が、こんな場所にいるなど考えられない。

「お前、何を…!」

けれど、翔吾が叱《しか》り飛ばす前に、真澄は物凄い勢いで翔吾の首目がけてダイブしてきた。

「う、わ…っ!」

まるで大砲の弾みたいなその勢いに押されて、かけていた椅子ごと、ちょうど真澄の下敷きになる格好でステージ裏の床に倒れ込んでしまった翔吾。

「こ、この…！」

だが、怒って起き上がろうとする翔吾の首に、真澄は翻りついて離れようとしない。

その首筋にがっちりしがみついて、わぁわぁ泣きながら喚き散らすばかりだ。

「翔吾、翔吾、翔吾…！」

意味を為して聞き取れるのは、わずかに翔吾の名を呼ぶ声だけ。

『ああ、コイツも感動しているのか……』

翔吾は床に押し倒されたまま、自分の軀の上でわけがわからなくなっている真澄を、しばし押し退《の》けもせず、好きにさせてやることにした。

舞台袖には、エリンや他のスタッフも大勢いただろうに、真澄は翔吾のいる裏手に真っすぐ駆け込んできた。

他の誰にわからなくても、今夜の音を創り上げたのは、真澄と翔吾の二人だ。

真澄がその感動を分かち合いたいとしたら、翔吾の他に誰がいるだろうか。

「翔吾、翔吾、僕…！」

未だ醒め遣らぬ興奮に、上擦《うわず》って響く掠《かす》れた声。

涙に濡れながらも、煌々《こうこう》と光り輝くあの琥珀色の瞳が、上から真っすぐに翔吾を見下ろしている。

熱に浮かされて、薔薇色に上気した頬。

喘ぎにも似た浅い呼吸に、忙《せわ》しなく上下する白い喉元。

瞬間、それらを下から見上げていた翔吾の胸に、熱い欲求が走った。

『…っ！』

一瞬にして、稲妻のように身内を駆け巡る危うい衝動。

「翔吾ぉ…！」

自分の名を呼ぶ、もどかしく焦《じ》れた真澄の声音を耳にした途端、翔吾は理性をかなぐり捨てた。

『クソッ…！』

本能の命じるまま、上になった真澄の後頭部、亜麻色の髪を摑んで引き寄せ、嚙みつくような口づけで唇を塞《ふさ》ぎながら、強引に軀の位置を入れ替える。

「んっ、んぁ…っ！」

乱暴な、窒息しそうな口づけに、捕らえられた翔吾の腕の中で、しなやかな若木のように撓《しな》う真澄の肢体。

「ん、っあ、ぁ…っ！」

客席では未だ鳴りやまぬ喝采の嵐。

サーバルキャットを腕に捕らえた翔吾の頭の中では、究極の音色で奏でられる煌びやかな

鐘の音が、輝かしい高音の響きで鳴り続けていた。

＊　＊　＊

そして、あれから十日――。

翔吾は今、強烈なストーカー被害に悩まされていた。

事の発端は、もちろん、あの大成功のうちに幕を閉じた真澄のデビューリサイタルである。

翌日の新聞各紙に躍った、華麗なる見出しの数々。

《――五月の薔薇のごとく麗しきヴィルトゥオーソの登場！》

《――ニューヨークに誕生した今世紀最初のマエストロ！》

《――摩天楼に鳴り響いた天上のラ・カンパネラ！》

辛辣《しんらつ》で有名なニューヨークの批評家たちの誰もが、翔吾の予想を上回る熱狂ぶりで、こぞって真澄・ビアレッティの比類なき天賦の才を褒めちぎり、その演奏を歴史に残る名演だったと褒め称えた。

さらに新聞に写真が載り、取材に来たテレビの芸能番組でその映像が流れると、真澄のとんでもなく人目を魅《ひ》く美青年ぶりが人々の目にとまり、クラシックファンではない一般の人々からも注目を集めるようになった。

驚いたことに、先週末などは、クラシック音楽など滅多に取り上げない芸能専門のタブロイド誌にまで、顔写真入りで詳しく紹介されていたほどだ。

こうした予想外ともいえる反響の大きさを、真澄を抱えるエージェント側が大歓迎したのは言うまでもない。

この気運を逃さず、大々的にCDを売り出そうと考えるのは、マネージメントとして当然のことだろう。

だが、問題は、当初すっかり荒れていた真澄のせいで、レコーディングが頓挫したままになっていたことだ。

「――すぐにレコーディング再開よ！」

もちろん、マネージャーのエリンは大車輪で遅れを取り戻そうとした。

それなのに、当の真澄が首を縦に振らないというのだ。

「――いやだ！　翔吾が調律してくれなきゃ、レコーディングなんかしない！」

その言い出したら聞かない暴君ぶりを、すでに身に染みて経験済みのエリンとしては、一も二もなく翔吾の元へと駆け込んできた。

しかし、いくら泣きつかれたところで、翔吾のスケジュールも詰まっている。

そもそも、身に染みて経験済みという点に於いては、恐らくはエリン以上に翔吾の方が、いろいろと厄介なことになっているに違いないのだ。

『無理だ！　もう当分の間、あのサーバルキャットとは関わらないぞ！』

胸に固く誓った翔吾は、真澄と同じく、頑なに首を縦に振らなかった。

結果として、その後は事務所や財団、考えうる限りの関係者など、各方面に八方手を尽くしたエリンからの「お願い！」攻撃が始まったのだが、翔吾を今、堪らなく疲弊《ひへい》させているのは、他でもない、真澄本人からの「どうして断るんだ！」攻撃である。

「この僕の、何が気に入らないんだ！」

およそ、お願いの筋とも思えない高飛車な詰問に始まり、仕事先のスタジオから顧客との打ち合わせの席、果ては食事に立ち寄ったレストランにまで、真澄は神出鬼没に姿を現す。

翔吾のスケジュールや立ち寄り先の住所を調べるなど、とても真澄一人の知恵とは思えないから、結局はエリンの仕業なのだろうが、真澄は限度というものを知らない。

「もう、いい加減にしろっ！」

断っても断っても納得しようとせず、ちょっとしたストーカー顔負けで執拗に迫ってくる真澄に、正直、翔吾の堪忍袋の緒は、もういくらも持ち堪えられそうになかった。

そこへ持ってきて、今朝のタブロイド誌に載せられた写真だ。

待ち伏せされた行きつけのデリカテッセンで、真澄を叱り飛ばしているところを、まるで痴話喧嘩《ちわげんか》真っ最中の恋人同士とも受け取れる、妙なコメントをつけて載せられたのには、思い切り鼻白んだ。

おまけに編集者は翔吾の素性を知っていたらしく、《翔吾・アームストロング・高瀬&真澄・ビアレッティ》と、ご丁寧にもフルネームで翔吾を紹介していて、どちらのスキャンダルを当て込んだ記事だかわからない。

『訴えてやる…！』

一瞬、本気で弁護士に電話しかけた翔吾だったが、さすがにこういう扱いの記事が出れば、真澄のイメージを考えたエリンが手を打って、監禁してでもその行動を管理するだろう。

『怪我の巧妙ってところか？』

腹は立つが、翔吾としては、そう思って諦《あきら》めるしかない。

だいたい、この程度の記事に大人げなく騒ぎ立てれば、アームストロングの名を持つ翔吾の方が、結局は注目を集めてバカを見るのだ。

『まぁ、これで、あのストーカー猫がおとなしくなるなら――』

ブラッドをはじめとする家族や友人から、「見たよ、写真」と、冷やかしの電話が何本も入ったのには閉口させられたが、どうやら日が暮れるこの時間になっても、今日は一度も顔を見せない真澄に、翔吾はホッと胸を撫《な》で下ろしていた。

一部、パパラッチらしき男たちを見かけないではなかったものの、事件でもないのにやりすぎれば、アームストロングを敵に回すリスクを、業界の人間は心得ている。

セレブだからと言われればそこまでだが、翔吾はあくまでも調律師で、ゴシップ欄に載りたがる芸能人ではないのだ。

「ああ、やっと平和な日常だ……」

心情が、思わず声になって漏れ出す。

立ち寄った行きつけのバーのカウンターで、一日の締め括《くく》りにジンのグラスを傾けながら、翔吾は久しぶりに解放的な気分を味わっていた。

しみじみと心地よく静かな酔い。

もっとも、この十日間に亘る騒動について言えば、その責任の一端が自分にもあることを翔吾は知っている。

そう、デビューリサイタルがあった夜、あの舞台裏でした口づけだ。

『なんだって、あんなこと…！』

翔吾はその長い指で黒髪を掻き上げた。

ただの祝福のキスだったと言い訳するには、あまりにも攻撃的で濃密すぎた口づけ。

いや、熱に浮かされたように貪《むさぼ》ったあれは、実際、あの夜の《ラ・カンパネラ》の研ぎ澄まされた音色が生み出した、一種、異様な興奮状態の中で行われたことだ。

ピアニストと調律師、二人だけにしかわからない音の世界に、真澄と翔吾はエアポケットに落ちたみたいに嵌り込んで溺《おぼ》れたのだ。

とはいえ、どれほどの高揚感に包まれ、恍惚とした熱情に囚《とら》われたとしても、相手が五十歳のマエストロだったら、あの事態は絶対に起こらなかったと、翔吾は知っている。

『真澄だったからだ、クソッ…！』

認めたくはないが、それが事実。

いつぞや、たがが外れて、バスルームで真澄を無理やり射精させたときもそうだった。

『あの琥珀色の瞳が食わせ物なんだ…！』

我ながら、酷い難癖のつけようだと思うが、実際、初対面のときから、翔吾は真澄の怒気をはらんで閃く琥珀色の瞳に魅了されていた。

ガラスの花瓶を投げつけられ、頭から水を被っても、帰りのエレベーターの中で思い浮かべたのは、怒りにも勝って、その魅力だったほどだ。

だが——。

『アイツだけは絶対にダメだ…！』

翔吾はジンのグラスを呷った。

どれほど才能があって魅惑的だろうと、真澄の性格は翔吾にとっては最悪だ。

わがままで向こう見ずで自由奔放。

猛烈な自分中心主義でプライドの塊のくせに、生活力はゼロに等しく、何をするにも恐ろしく手がかかる困ったお子様。

これまで周囲の大人たちが際限なく甘やかし、ちやほやしてきた結果、そういう性格に育ってしまったのだろうから、一概に真澄だけを責められはしないものの、なんとも厄介極まりないサーバルキャットであることに違いはない。

『まぁ、そこが可愛くもあり、死ぬほど尻を叩いてやりたくなるところでもあるんだが……』

思いかけて、翔吾は慌てて首を振った。

『危ない、危ない！　あれを少しでも可愛いなんて思い出したら、真澄を甘やかしてきた連中と、そのうち同じになってしまう！』

空になったグラスを、翔吾は思わずカウンターに叩きつけてしまった。

そう、真澄に手を出すのだけは、何があっても御法度《ごはっと》だ。

たとえば、それが一夜限りの相手としてなら、確かに真澄は魅惑的かもしれない。

けれど、この十日間のしつこさから考えても、あのお子様サーバルキャットにそんな大人の割り切りが期待できるはずもない。

真澄に手を出したら最後、ドロ沼化は火を見るより明らかだ。

そして翔吾は、恋愛にそうした深い関係をまったく望んでいない。

苦渋に満ちた葛藤を抱えたまま、アレンと別れて十年、翔吾は誰とつき合っても一定の距離を保ち、その関係すら長く続けようとはしてこなかった。

翔吾の相手となるのは、それが男であれ女であれ、翔吾と同じように割り切った考えを持つクールな大人ばかりだ。

『それが、あんなサーバルキャット、考えられるわけないじゃないか！』

自分自身を叱責するかのように、翔吾は当然の結論を胸の中で独りごちた。

一日の締め括りにと、一杯だけのつもりで立ち寄ったバーで、気がつけば、翔吾は三杯目のジンに口をつけていたのだった。

＊　＊　＊

翔吾がアップタウンにある自宅マンションに帰ったのは、夜半過ぎのことだった。

後にして思うと、いつもは気さくなコンシェルジュのジョージが、その夜は「お帰りなさい」とも言わず、翔吾と目を合わせようともしなかった気がする。

しかし、ほろ酔い加減でタクシーから降り立った翔吾は、そんなジョージの様子など、まったく気にも留めなかった。

『明日はオフだ！』

そう考えただけで、寛いで上機嫌になる単純さ。

セントラルパークを見渡せる高層階にある自宅に戻った翔吾は、玄関を入ってすぐのコンソールテーブルに鍵《かぎ》を置くと、居間のソファーに脱いだ上着を投げ捨て、襟元のネクタイを緩めつつ奥のバスルームへと向かった。

ゆっくりお湯に浸かりながら、休日の予定でも考えるつもりでいたのだ。

ところが――――。

『なっ…!?』

通り過ぎようとした居間に、見慣れぬ何かを目の端で捉えた翔吾はギョッとした。

振り返れば、そこにはスタインウェイの黒い巨体に、まるで同化するように佇む黒い人影。

この部屋は亡くなった両親が残してくれたものだが、大人になって自分が入居するに当たり、翔吾は可能な限り壁を取り払い、奥の寝室以外は、ほぼワンルームになるよう改装し直した。

そして、セントラルパークに面した一番よい位置に、翔吾は祖父の柳原翔吾が死の直前まで愛用していたという、譲り受けた自分のスタインウェイを設置させたのだ。

『まさか…!?』

もう少し信心深い人間なら、それを祖父の幽霊と見間違えたかもしれない。

だが、折りしも雲が切れ、全面のガラス窓から射してきた月の光が照らし出したものは、当然のことながら、五十年も昔に世を去った男の姿などではなかった。

『――――真澄…っ!?』

月光に映える亜麻色の髪。

煌々と照らし出されたその姿に、翔吾は唖然《あぜん》とした。

「なんで、お前がここにいるんだ…っ！」

最初のショックが去ると、とにかく問題はそこだ。

部屋の持ち主である翔吾が鍵を開けて入ったというのに、赤の他人である真澄が、どうして部屋の中で待ち受けているのか。

ここまでくると、本当にストーカーだ。

「あり得ないだろう…っ！」

けれど、怒鳴りつけた翔吾に、真澄は涼しい顔だ。

「だって、コンシェルジュのおじさんに、お願いって言ったら、開けてくれたよ？」

「なんだと!?」

翔吾はこめかみに青筋を立てた。

確かに、管理業務も行うジョージには、何かの非常事態に備えてマスターキーを使う権限が与えられている。

しかし、真澄の「お願い」が、その非常事態に当たるわけがない。

それでも、その蠱惑的な上目遣いで、可愛く小首を傾《かし》げた真澄が一言、「お願い」と囁けば、ジョージのような中年男はイチコロに違いない。

そう思えば、今夜のジョージはどうも素振りがおかしかったかもしれない。

『ジョージのヤツ〜！』

激怒したところで後の祭り。

せいぜい明日の朝、二度とないよう厳重戒告するのみだ。

それに、今はジョージに怒っている場合ではない。

翔吾の目の前には、まるで悪怯《わるび》れたふうもないサーバルキャットがいるのだ。

「お前、いい加減にしろよ！　いくらなんでも、やっていい事と悪い事がある！」

「だって、翔吾が僕の言うこと聞いてくれないから悪いんだ！」

「はぁ!?」

「なんで、僕の調律師になってくれないんだよ！」

「だから、それはっ！」

この深夜に、不法侵入者を相手に、まったくの堂々巡りの押し問答。

翔吾は段々、猛烈に苛立ってきた。

だいたい、勝手に他人の部屋に入り込んでおいて、この偉そうな態度はどうだろう。

最初に「ごめんなさい」の一言があって然るべきではないか。

けれど、それを真澄に求めたところで、所詮、無駄でしかないことを翔吾は知っている。

「とにかく！　もう、お前との仕事は終わったんだっ！」

この不毛な会話に終止符を打つべく、翔吾は一際声を荒らげた。

叱っても、怒鳴っても、まるでへこたれる素振りも見せない真澄。

それどころか、「お前が悪いんだ！」と傲岸に責めてくる、生意気で勝気な琥珀色の瞳を見ていると、腹の底から沸々と危うい激情がわき起こってくる。

溜まった欲望のマグマが大爆発を起こす前に、翔吾としては、一刻も早くエリンに連絡して、この傲慢なサーバルキャットを追い出してしまいたかった。

翔吾は踵を返すと、ソファーの上に脱ぎ捨てた上着のポケットに、携帯電話を探した。

それなのに――。

「だったら、だったら、なんであんなキスしたんだよ…っ！」

「…っ！」

背中に投げつけられた詰問に、翔吾は息を飲んだ。

今の翔吾が、もっとも問い質《ただ》されたくない過去。

けれど、真澄はさらに畳みかけた。

「あんな腰が砕けちゃいそうなキス、この僕にしておいて、ただで済むと思うなよな…っ！」

瞬間、ブツリと音がして、翔吾の頭の奥で何かが切れた。

薄皮一枚のところで、ギリギリ噴出を免れていたマグマが、一気に噴き出す一瞬。

手にしていた上着を打ち捨てると、翔吾は猛然と真澄に襲いかかった。

「あ…！」

反撃に出られたことに驚き、零れ落ちそうなほど大きく見開かれる琥珀色の瞳。

だが、もう遅い。

翔吾は乱暴に真澄の胸元を摑んで引き寄せると、上向かせたその顔を、凄みのある冴えた蒼黒の眼差しで睨めつけた。

「調教してやる」

「…っ!?」

「大人を本気で怒らせると、どういう目に遭うか、これからタップリその軀に教えてやる!」

翔吾はそのまま真澄の軀を引き摺って、奥の寝室へ連れ込むと、抵抗する軀を軽々とベッドの上へ放り投げた。

「なっ、何するんだっ!」

「調教だと言っただろ?」

「なんだとっ!」

発する言葉は勇ましいが、黒豹《くろひょう》とサーバルキャットでは、その体格差は歴然としている。

翔吾は逃げを打つ華奢な軀を押さえつけ、真澄のシャツを殊更、乱暴に引き裂いた。

「あっ…!」

肉体的なダメージはなくとも、自分のシャツがいとも簡単に破られたことに、真澄は猛烈なショックを受けたようだ。

ビリッと絹を裂く音に、真澄は聴覚から恐れを感じたに違いない。

「や、やめろ…！　バカ…！」

言葉は生意気なままでも、明らかに怯えを含んだその響きが、翔吾の苛虐性を刺激する。

この高慢な王子様に、こんな狼藉を働くのは翔吾だけだ。

翔吾は真澄の軀からシャツを毟り取ると、自分の襟元からネクタイを引き抜いた。

そのまま、暴れる細い軀を俯《うつぶ》せにして、後ろ手に真澄の両腕をネクタイで縛り上げる。

「は、放せっ…！」

「なんだ、怖いのか？」

「そ、そんなわけ…！」

「ふぅん？」

翔吾は俯せにした真澄の小さな尻の狭間に指を這わせた。

ちょうどズボンの縫い目を辿《たど》る形で、少し力を込めた中指を何度も往復させる。

「や、やだ…！」

布越しに、後孔の入り口を執拗に擦り上げられるむず痒《がゆ》いような刺激に、わずかながらも蠢く形のいい小さな尻。

「なんだ、こっちも経験済みか？」

「う、くぅ…っ！」

きつく唇を噛み締めた真澄が言い返してこないのは、悔しいからなのか、それとも、感じている自分を知られたくないからなのか——。

『どっちにしても、随分と仕込み甲斐がありそうだ』

薄い唇の端に悦しげな笑みを浮かべて、翔吾は真澄のズボンに手をかけた。

前に回した指で器用にファスナーだけ下げると、あとは下着ごと、桃の皮を剝《む》くように尻から一気に剝《は》ぎ取る。

「やっ…！」

噛み締めていた唇を解《ほど》いて、再び明確に上げられた声。

毟り取ったズボンと下着を後ろに投げ捨て、一糸纏わぬ姿にした真澄を見下ろしながら、翔吾は自分のシャツを脱ぎ捨てた。

染み一つない乳白色のなめらかな肌。亜麻色の髪の合間に覗く細い項。うっすらと骨の形が浮き出た背中の中心線。

微妙に腰を捻った格好で、後ろ手に縛られた姿が被虐的で艶めかしい。

「どうした？　威勢のいい憎まれ口はもうお仕舞いか？」

「う…」

尋ねても、今度はシーツを噛んで答えようとしない真澄の背に、翔吾は添い寝するように身を重ねた。

それから横抱きにした真澄の股間に右手を滑り込ませる。

「あっ……！」

声を上げてシーツを放したところを、すかさず左手で顎先《あご》を捕らえ、縛られた軀が軽く海《え》老反《び》りになるよう、真澄の上体を自分の方へ引き寄せる。

真澄の華奢な肩口に顎を埋《うず》める形で、翔吾はその羽二重餅にも似た柔らかな耳朶《じだ》を甘咬《あまが》みした。

「や、ぁっ……！」

「ホント、感じやすいな、お前」

耳元で囁きながら、翔吾は右手の指を、すでに形を成し始めている真澄の花芯に絡めた。

「こんなにすぐに勃たせてどうする？　さっき後ろを服の上から弄《いじ》られただけで、もうこんなに感じたのか？」

「ち、が……っ！」

「ああ、そういえば、痛いのが好きだったんだよな？」

その途端、首筋にきつく歯を立てられて、真澄は声を上げて仰け反った。

「あっ、くぅ……っ！」

ジンジンする痛みが、次第に熱を帯びていく妖《あや》しい感覚。

咬み跡に舌を這わされながら、ゆるゆると右手を動かされると、もう駄目だった。

「あっ、あっ……！」

濡れて、すっかり硬く勃ち上がってしまった花芯。

薄い花びらのような包皮から顔を出した鈴口が、透明な蜜を溢れさせて翔吾の指を濡らす。

「悪い子だ」

笑みを含んだ囁きとともに、蜜を絡ませた指先で、からかうように根元から先端の割れ目まで、花芯の裏側をすぅっと撫で上げられる。

「あ、ぁんっ……！」

微妙に焦らされるもどかしさ。

後ろ手に縛られた状態では、この先は翔吾の手を頼るしかないというのに、真澄を捕らえた翔吾の右手は、いつかのバスタブの中でしてくれたようには動いてくれなかった。

それどころか――。

「しゃぶれ」

「ん、ぁぐっ……！」

小さな唇を抉《こ》じ開けて侵入してきた翔吾の長い指。

震えている花芯は焦らされたまま、顎先を捕らえていた右手の人差し指と中指をしゃぶらされる屈辱感。

「もっと丁寧に舌を使え。お前の中に入る指だ。タップリ濡らさないと、痛い思いをするの

は お前だぞ」

「ん、ん、ぐっ……！」

敏感な口の中の粘膜を刺激されて、吐き気と紙一重の感覚を味わいながら、真澄は懸命に翔吾の長い指に舌を絡ませた。

「んっ、んっ、んっ、んぁん…っ！」

淫らに溢れて、顎から伝い落ちる唾液《だえき》。

やがて、躯を引き起こされ、胡坐を掻いた翔吾の膝の上に横抱きにされた真澄は、開かされた膝の間に前から差し入れられてきた右手の中指で、後孔の入り口を探られた。

「やっ……！」

ビクリと痙攣する背筋。

触ってほしいのは、そんな場所ではなく、放置されたまま蜜を溢れさせている花芯なのに、真澄の望みを無視して、翔吾の指は後孔への侵入を開始した。

クチュリと濡れた音を立てて窄まった縁を押し開き、狭い肉襞の奥へと挿入される、自らの唾液で濡れそぼった指。

「あっ、やっ、やぁっ…！」

阻止したくても、後ろ手に縛られた躯ではどうにもならない。

それをよいことに、傍若無人に繊細な内襞を掻き乱していく魔術師の長い指。

「あっ、あっ、いや…っ！」

逃げを打って仰け反る背中は、真澄を抱いている翔吾の逞しい右腕に支えられ、結果として、真澄は腰を浮かせてさらに奥深くへと、翔吾の指を呑《の》み込んでしまう。

「ひ、ぁあ、んっ…！」

次第に真澄の意思とは関係なく、咥《くわ》え込んだ翔吾の指を締めつけて、熟れて淫猥《いんわい》な紅色へと変貌していく内襞。

ヌプヌプと粘着質な音を立てて、いやらしく出し入れされる感触が堪らない。

「あ、ぁんっ！」

「ここが悦《い》いのか？」

「ん、ぁんっ…！」

「堪え性のないヤツだ。お漏らししたみたいに、前がビショビショだぞ？」

「やっ、やっ、やぁ…っ！」

何度も首を振って嫌がっても、勃ちっぱなしの花芯からは、恥ずかしいほど蜜が溢れ出してとまらない。

前にはロクに触れられもせず、後ろを弄られているだけだというのに、真澄は頭が変になりそうなくらい、気持ちが悦くて堪らなかった。

『こんなの…こんなの…っ！』

これまでに経験したことのない種類の悦楽に、わけもわからず涙が溢れ出す。

魔術師の指が、真澄を内側から蕩《とろ》けさせていくようだった。

だが、このままでは、いつまで経ってもクライマックスの瞬間は訪れそうにない。

「しょっ…翔吾ぉ…っ」

真澄は白い喉を仰け反らせて、救いを求めるように翔吾を見上げた。

強すぎる快感に、苦しげに寄せられた眉根。

濡れて潤んだ琥珀色の瞳。

「も…やぁ…っ」

降参を訴えて綻《ほころ》んだ唇に、翔吾は激しく口づけた。

「ん、ん、んっ…！」

逃げ惑う、仔猫《こねこ》にも似た薄い舌を捕らえて搦《から》め捕《と》り、喰《く》いちぎるほど強く吸いながら、後孔を掻き乱していた指を引き抜く。

「は、ぁあんっ…！」

ズルリと抜き出される淫靡な感触に、真澄は声を上げた。

翔吾は抱いていた真澄の躯をシーツの上に俯せに転がした。

「いい眺めだ」

「い、ぁ…っ！」

花芯を勃たせているせいで、後ろ手に縛られた真澄は自然と尻を高く上げた格好になり、つい今し方まで翔吾の指を咥え込んでいた淫らな蕾《つぼみ》を、嫌でもその目に曝してしまう。

「いやらしい割れ目だ。濡れてヒクヒクしてるぞ?」

「ん、あっ、んっ…」

そこに感じる、絡みつくような視線。

舌を噛み切りたくなるほど屈辱的なのに、言葉で嬲られる度に、熟れた内襞が恥ずかしく濡れて蠢くのをとめられない。

「入れてほしいのか?」

「んんっ…!」

唇を噛み締めて、せめてもの抵抗に、真澄は必死に首を横に振り続けた。

「嘘をつけ」

そんな真澄を嘲笑って見下ろしながら、翔吾はファスナーに手をかけ、自らの昂ぶりを中から引き出した。

憎まれ口ばかり叩く強情な口に、少し奉仕させてやろうかという考えが頭を過《よ》ぎったが、恥ずかしく尻を高く上げ、綻んだ蕾を曝して喘いでいる真澄は、どう見てもすでにいっぱい、いっぱいの状態だ。

『まぁ、いいさ』

そのはしたなくも淫猥な様に満足して、翔吾は真澄の細い腰に手をかけると、小さな尻を引き寄せた。

「犯してやる」

意地悪く宣告してから、翔吾は自らの昂ぶりの切っ先を、真澄の綻びに宛がった。

「ひ、ぁ…っ！」

ビクンと震え、背筋が反射的に仰け反る。

逃げていこうとする腰を捕まえて、翔吾は強引に押し入った。

「いっ、あぁあぁ――――っ…！」

高く迸る声。

一度には呑み込みきれない容積に、突き入れられた蕾も一緒に悲鳴を上げている。

「やっ、あぁあ…痛ぁ…っ！」

「バカ、もっと力を抜け。締めるのは、全部呑み込んでからだ」

「あ、うっ…！」

パシリと音を立てて尻を叩かれる。

いなすように軽く腰を揺すられた真澄は、そのまま根元までの挿入を許した。

「そら、奥まで入ったぞ」

「あ、ぁんっ…！」

犬のように這わされ、背後から深々と尻を犯されている恥辱。

堪えがたい苦痛なのに、裂けそうに満たされた奥が、妖しく潤み出す。

「ぁうぅ、んっ…」

刺し貫いた肉の剣に伝わってくる、そんな真澄の変化を逃さず、翔吾は攻撃を開始した。

「あっ、あっ、あっ…！」

情け容赦のない鋭い突き上げ。

強い押し引きに、縁が捲《めく》れ上がりそうになる。

「いや、あッ…あんッ…！」

摑まれた腰を激しく揺すられ、ズグッ、ズチュッといやらしく濡れた音を立てて、荒々しい抽挿が繰り返される。

指で掻き乱されていたときよりも、ずっと奥まで押し開かれ、熟し切った内襞を思う様、擦り上げられる快感。

自分でも知らなかった欲しい場所を、ダイレクトに突いてもらえる悦びに、真澄は狂おしく乱れた。

「ひ、あぁんっ…！　あっ、あっ…！」

瞬間、灼《や》けつくような衝動に駆られて、真澄は浅ましく股間で揺れていた花芯を激しくしぶかせた。

「いっ…あぁあ…っ！」

ビュクッ、ビュクッと淫らに吐き出される悦びの証《あか》し。

間髪入れず、叩きつけるように注ぎ込まれた熱い欲望の奔流に、真澄は頭の芯が真っ白になった。

「――――っ…！」

生まれて初めて味わう、目も眩《くら》むほどの猛烈な絶頂感に、真澄の意識は急速に遠退いていった。

*　　*　　*

七月、真澄は十九歳になった――。

新天地を求めて、生まれ育った欧州から、ここニューヨークへ渡って十ヶ月あまり。短い間に、思えば随分といろいろな出来事を経験したものである。

とても耐え切れないと思ったジュゼッペの死を乗り越え、大成功を収めることができた、音楽の殿堂、カーネギーホールでのデビューリサイタル。

もちろん、経済的には父親の支援を受けているし、エリンというマネージャーがいたからこそ、仕事にも生活にも支障が出なかったわけだけれど、それでも、去年の今頃は過保護な母親の元で暮していたことを思えば、まるで夢のような話だ。

とはいえ、真澄にとって、実のところ、渡米や一人暮らし、デビューリサイタルよりも特筆すべき出来事は、なんと言っても、高瀬翔吾と出会ったことに違いない。

『──翔吾……』

人生で初めて、真澄が自らどうしても欲しいと願った相手。

翔吾という魔法の指を持つ調律師に出会えなかったら、真澄はジュゼッペの死から立ち直ることができず、愛用のスタインウェイも壊れた音色のままだったはずだ。

本当に、翔吾なしでは、あの奇跡の《ラ・カンパネラ》は完成せず、真澄のデビューリサイタルの成功もなかったであろう。

だが、それにも増して、翔吾は──。

真澄は隣で眠る翔吾を、そっと覗き込んだ。

艶やかな烏の濡れ羽色の黒髪。秀でた額。通った鼻筋。男らしい口許。

今は眠りに閉ざされているけれど、その目蓋《まぶた》が開かれれば、独特の凄味を宿した蒼黒の眼差しが、どれほど冴え冴えとして魅惑的なものであるかを、真澄はよく知っている。

シャープな顎のラインから隆起した喉元を通って、逞しい筋肉の張りを持つ胸から、弛みなど一切見受けられない見事な腹筋、そして、引き締まった腰へ──。

同じように日本人の血が流れていながら、こうまで真澄と違うものかと思えるほど、それは見事な翔吾の美丈夫ぶり。

それはもちろん、容姿が東洋的という点に於いては、ハーフの真澄よりも、日本人の血が四分の三流れている翔吾の方が圧倒的なのだけれど、それはあくまでもエキゾチックという表現が正しく、翔吾には西洋人に迫力負けするような脆弱《ぜいじゃく》さが一切感じられない。

それどころか、底知れぬ不思議な力を宿した蒼黒の瞳は、見据えられた者には大きな脅威となるに違いない。

あたかも、その身に魔力を秘めているかのような、東洋の魔術師。

そう、そんな翔吾の何もかもが、真澄は欲しくて堪らない。

それなのに、翔吾は――――。

「どうして僕だけのものにならないんだ……！」

呟いて、真澄は唇を尖らせた。

どうしても真澄には納得しがたく、受け入れられない現実。

確かに、二ヶ月前の初めての夜から、真澄はもう何度となくこんなふうに翔吾のベッドで夜を過ごしている。

それに、調律師としても、結局、翔吾は真澄のために スケジュール調整に骨を折り、当初、真澄が望んでいたとおり、レコーディングのすべてにつき合ってくれた。

お陰で、真澄のＣＤ第一弾は、自分でも怖いほどの出来映えだ。

だから、この事実一つを取ってみても、真澄に対する翔吾の扱いは、たぶん、破格の特別待遇なのだろう。

だが、真澄が知っている特別待遇というものは、もっと真澄だけを見て、もっと真澄だけにメロメロになってくれることなのだ。

ところが、翔吾ときたら、相変わらずちっとも真澄の言うことを聞いてくれないし、仕事だの用事だのと言っては、真澄を置いて出かけてしまう。

真澄を最優先してくれるのが当たり前だったこれまでの男たちとは、翔吾はあまりにも違いすぎている。

だいたい、今日は真澄の十九回目のバースデーだったというのに、翔吾は祝ってくれる素振りも見せなかった。

前もって伝えておかなかったのは真澄だけれど、恋人なら、わざわざ今日が誕生日だと教えなくとも、そのくらいの情報は押さえておいて当然ではないだろうか。

いや、まさか、挿《い》れっ放しで三度もコトに及んだ今夜のアレが、翔吾からのバースデープレゼントだったとしたら、それこそ洒落《しゃれ》にならない。

『だって、翔吾のセックスときたら……!』

真澄は唇を噛み締めた。

育ってきた環境が環境だっただけに、真澄は性的に早熟な子供だった。

社交界には、真澄に無体を働くような者は皆無だったけれど、熱心な愛好家や支援者の中には、小児性愛的嗜好から、より熱烈に真澄を愛玩した者たちがいたのは事実だ。

実際、少年を愛するそうした男たちから、真澄は快楽の味を覚えたし、年上の女たちからも、真澄は随分と可愛がられたものだ。

しかし、真澄に触れた者たちは、誰一人として翔吾のように乱暴ではなかった。

誰もが皆、繊細な壊れ物に接するように真澄に触れ、喜んで真澄に傅いてくれた。

真澄が彼らに許したのは、真澄に対する賛美と奉仕であって、それ以上を勝手に求めることなど、絶対に考えられなかった。

だから、初心な未通児だったとは言わないけれど、正直、それまでの真澄には、アナルセックスの経験は一度きりしかない。

思春期真っ只中の頃、快楽への興味から試してみたものの、その苦痛を伴う行為は、一度経験すれば、もう懲り懲りでしかなかったからだ。

それなのに、翔吾はそんな真澄を易々と犯した。

それも乱暴に、縛って、嬲って、最後は犬みたいに四つん這いにして――――。

『もう、信じられない……！』

思い出しても、腸《はらわた》が煮え繰り返るような凌辱の記憶。

けれど、何が信じられないと言って、その翔吾との屈辱的なセックスに、今も猛烈に感じてしまう真澄自身ほど、信じられないものはない。

甚振られ、恥ずかしい言葉で責められるだけで、身も世もなく感じてしまう浅ましさ。

実際、平常心に戻ると、「もう二度とさせてやるもんか！」と思うのに、今夜もまた、真澄は盛大に痴態を演じさせられてしまった。

『だって、こんなの初めてで、どうしたらいいのかわからないんだもん…！』

悔しくて仕方がないのに、羞恥に満ちた淫靡な悦びに咽《むせ》び泣く軀を、真澄自身、どうすることもできない。

意地悪な魔術師の指に触れられると、真澄は果てしもなく堕ちて身悶えてしまうのだ。

『翔吾のバカ…！』

真澄は続けざまに犯された後孔が疼《うず》いて眠れないというのに、自分だけ満腹になった肉食獣みたいに眠りを貪っている翔吾が腹立たしい。

だが、その一方で、凛々《りり》しくて端整な翔吾の寝顔を、好きなだけ眺めていられるのは、ちょっと嬉《うれ》しいような気もしてしまう。

『この僕が、こんなに夢中になってやってるのに…！』

欲しいのに、思うように手に入らないから苛立つのか、それとも、思いどおりにならなくて、腹が立つから欲しいのか——。

けれど、そんな理詰めの考えなど、どうでもよくなるほどに、こうして翔吾を見ていると、真澄はただそれだけで胸が熱くなってくる。

髪の毛一筋、睫毛一本、その吐息の一つさえ、なんだか大事に思えてくるほどだ。

そう、この左腕に残る酷い傷跡さえも――。

『可哀想に…七回も再建手術をしたなんて…』

真澄はそっと、伸ばされた翔吾の左腕の傷跡を撫でてみた。

ところが、その途端、熟睡しているとばかり思っていた翔吾が蒼黒の瞳を開けた。

『あっ…！』

突然のことに、真澄はドキリとして息を飲んだ。

翔吾は身じろいで、そんな真澄に視線を向けた。

「どうした…？　眠れないのか？」

尋ねられて、一瞬、真澄は口籠もった。

本当なら、「お前のせいだ！」と言い返してやりたいところだったけれど、その寝顔を覗き込み、あまつさえ、傷跡まで愛《いと》しげに撫でていた真澄は、ひどく決まりが悪かったのだ。

「べ、別に…！　ただ、ちょっと、この傷に触ってみたくなって…！」

半分は本当で、半分は決まりの悪さを誤魔化すための口から出任せだった。

ところが、「くだらない事してないで、さっさと寝ろ」とでも言うかと思っていた翔吾が、
意外にもベッドに身を起こした。

薄暗闇《くらやみ》の中で、翔吾はしばし、左腕の傷をじっと見つめている。

「翔…吾…?」

つられて、自分も起き上がった真澄は、なんだか急に心配になった。

目が覚めてすぐのせいかもしれないけれど、いつもの翔吾と様子が違う。

「俺は、何か…言ってたか…?」

「え…?」

「いや、なんでもない。ちょっと……そう、変な夢を見てたみたいだ」

「夢…? もしかして、事故のときの…?」

「さぁな? もう忘れたよ」

それから翔吾は、何かを吹っ切るように、その黒髪を掻き上げた。

再び真澄の方を見た翔吾は、もういつもと同じ翔吾の顔をしていた。

いや、むしろ、真澄を甚振るときの顔を――。

「そういえば、お前にも傷があったよな?」

「えっ!? な、ないよ、僕には…!」

急に自分に向けられた矛先に、真澄は瞳を瞬かせたが、箱入り息子で大切に育てられた真澄には、翔吾のような傷跡などあるはずもない。

ところが――。

「あるさ、ここに」

「あっ……！」

翔吾に押し倒された真澄は、そのまま、恥ずかしく両脚を左右に押し開かれてしまった。

「やっ……！」

「ほら、ここだ」

「……っ!?」

大きく開脚させられた右の内股《うちまた》に、からかうように舌先を這わされて、真澄は息を飲んだ。

確かに、そこにはミミズ腫《ば》れにも似た、二センチほどの小さな傷がある。

もっとも、自分でしげしげと見ることもない、そんな場所にある小さな傷のことなど、正直、真澄は翔吾から指摘されるまで、すっかり忘れていた。

だが、真澄にこの恥ずかしいポーズを強いる翔吾の目には、以前から気になっていたのかもしれない。

「こんなところに傷なんて、どこの男につけられたんだ？」

案の定、囁かれる淫靡なからかいに満ちたセリフ。

差し詰め、真澄に傷に纏わる恥ずかしい告白を強いて、翔吾は悦しむつもりなのだろう。

あるいは、自ら告白を強いておきながら、翔吾は「悪い子だ」と言って真澄を責める、お仕置きプレイを悦しむつもりなのかもしれない。

しかし、今度ばかりは、翔吾の思惑は外れである。

なぜなら、それは随分と前に行われた、インプラント手術の痕だからだ。

「インプラント？　お前、何を埋め込まれたんだよ？」

どうやら色気には程遠い話の成り行きに、翔吾は開かせていた真澄の脚から手を放した。

慌てて脚を閉じ、ベッドに起き直った真澄は声を尖らせた。

「マ、マイクロチップだよ…！　GPS機能がついたヤツ…！」

「GPS機能？？？」

真澄は不承不承、説明した。

実は十三歳の時に、真澄は誘拐されそうになったことがある。

もともと、父親が裕福な実業家ということもあって、幼い頃から、真澄にはそうした危険がないではなかったのだけれど、十三歳のときに遭ったそれは、身代金目的ではなく、真澄自身を狙《ねら》ったストーカーによるものだった。

「確か、シュルツっていう、すっごい変な男！　元は音楽誌のライターで、僕を褒める記事を書いてくれてたみたいなんだけど、そのうち、独占インタビューがしたいってつき纏い始めて――――」

久しぶりに蘇ってくる、嫌な記憶の数々。

日常生活を大量に隠し撮りされた写真に、履歴がそれだけでいっぱいになるほど、日々繰り返された携帯電話への着信。

学校や音楽スタジオ、果ては買い物先やレストランにまで待ち伏せされて、気味の悪いラブレターや花束を送りつけられた日々は、今思い出してもゾッとする。

当然のことながら、激怒した母親は警察に厳しい対処を訴えた。

その結果、被害が収まったかと思えたのも束の間、日常的なストーカー行為ができなくなったシュルツは、今度は誘拐未遂事件を企《くわだ》てたのだった。

「もう、ビョーキだよ、アイツ！」

幸い、危機一髪のところでシュルツは捕まり、真澄は難を逃れた。

かれこれ、もう六年近くも前のことになる。

しかし、誘拐の危険が現実のものとなったことで、真澄の母親はすっかり恐れをなし、真澄の居場所を常に把握できるようにと、太腿《ふともも》の内側に特殊なインプラント手術を受けさせたのだった。

「今でも、それ、機能してるのか？」

「知らないよ、そんなこと！」

翔吾に尋ねられた真澄は、プイッと横を向いた。

過保護すぎる母親には、いろいろと窮屈な思いをさせられた真澄だが、迷子札を躯に埋め込むようなこの処置は、その最たるものだ。

どこにいても、母親に居場所を把握されているという鬱陶しさ。

『犬や猫じゃあるまいし…！』

ペットが軀に埋め込まれる、個体認識用のマイクロチップとは、もちろん同一のものではないのだけれど、なんだか自分が犬や猫と同じ扱いをされたようで、当時を思い出すと、真澄は今でも腹立たしい。

果たして、それを《ペット並み》だと感じたのは、真澄だけではなかったらしい。

「ママの目にも、やっぱり、お前はサーバルキャットだったわけだ？」

「な、なんだよ？　その、サーバルキャットって…！」

琥珀色の瞳を閃かせて唇を尖らせた真澄を、翔吾は再びシーツの上に押し倒した。

「お前のことに決まってるだろ？」

「は？　はぁあっ…!?」

確かめる間もなく、悪戯な魔術師の指に花芯を擱まれて、真澄は声を上げた。

ただでさえ、意地悪に犯された名残《なごり》にお尻が疼いて眠れなかったというのに、これ以上の酷使には堪えられない。

「や、やだ…も、もうできない、ったらぁ…！」

「できないって、何がだ？」

「あ、ぁあん…っ」

朝の訪れまでは、まだしばし遠い時間帯。

それでも、一頻《ひとしき》り苛められた後、軽い失神状態から覚めた真澄の手首には、繊細な造りの美しいプラチナのブレスレットが嵌められていた。

真ん中に配された小さなプレートの裏に彫られていたのは、《to M from S with love》の短いメッセージ。

「…？」

琥珀色の瞳を瞬かせた真澄に、翔吾がそっと囁いた。

「十九歳になったんだろ？」

途端に潤み出す琥珀色の瞳。

翔吾が自分の誕生日を覚えていてくれたことに、ちょっぴり不本意ながらも、真澄はキュンと切なく胸を震わせたのだった。

＊　＊　＊

「――――翔吾、結局、あの真澄・ビアレッティとつき合ってるって、ホントなのか？」

こっそり耳元に囁きかけてきたブラッドに、翔吾は一瞬、決まり悪げに眉を顰めた。

ここは、ニューヨーク郊外にあるアームストロング家の本邸――――。

当主であるバネッサの招きで、今日は親しい友人知人を集めて、内輪のガーデン・パーティーが開かれている。

ただ、内輪といっても、そこはアームストロング家のことで、招待客には名だたる面々が揃い、同伴してきたパートナーともども、実に華やかな様相を呈している。

そして、招待客へのもてなしとして、バネッサは真澄に演奏を依頼した。

ちょうど、第一弾となるCDの発売を目前に控えていた真澄にとっては、なかなか悪くないプロモーションの機会でもある。

そんなわけで、今はその演奏中。

曲はCDにも収録されたショパンの《ポロネーズ第6番変イ長調作品53》。あまりにも有名な、あの《英雄ポロネーズ》である。

『いつもながら、見事な演奏だ……』

惚《ほ》れ惚《ぼ》れと、聴き惚れずにはいられない、美しくも華麗な音色と旋律。

印象に残る強烈な一撃から始まる序奏は、ショパンが得意とした半音階進行で、留まることなく上昇していき、やがて、主題となって爆発的な昇華を迎える。

勇壮この上ない主旋律。印象的で絶え間のない左手のオクターブは、あのリストにも影響を与えたという。

広間の後ろから、翔吾は壁際に寄りかかるようにして、真澄の演奏に聴き入っていた。

用意された客席には座らずとも、普段は本番の演奏を客席側から聴くことのない翔吾にとっては、なかなか悪くない機会だった。

しかし、隣に立ったブラッドの囁きで、短いお楽しみの時間は終わりを告げてしまった。

「どうなんだ？」

再度、畳みかけてきたブラッドに、翔吾は小さく肩を竦めて、「そうみたいだな」と短く答えた。

『我ながら、どうしてこんな事になってしまったのか……』

絶対に真澄だけは駄目だと思っていたはずなのに、翔吾はまたも理性を失って、気がつけば、今や真澄はすっかり翔吾の懐深く潜り込んできてしまっている。

それどころか、本音を言えば、翔吾は真澄が可愛くてならない。

本当に可愛すぎて、ついつい尻を叩きすぎてしまうほどに――。

この十年来、意図的に誰とも深いつき合いを避けてきた翔吾にとって、こんなに心奪われて嵌り込んだ相手は、真澄が初めてだ。

実際、真澄のためなら、仕事にまで無理を通してしまった自分に、翔吾は呆れ果てている。

もちろん、真澄にはピアニストとして、調律師の翔吾にそこまでさせるだけの力があるのだけれど、それでも、予定外のレコーディングに丸々つき合ったのは、真澄が翔吾にとって、個人的に特別な存在だったからに外ならない。

とんでもないわがままだ、常識知らずだと憤っても、結局、真澄に「お願い」されると、翔吾はなんでも許してしまうのだ。

筋金入りの俺様王子の真澄には、それでもまだまだ足りないと不満らしいが、翔吾が真澄に夢中なのは事実である。

『ホントにもう、あのサーバルキャットだけは……』

素晴らしい《英雄ポロネーズ》を弾き終えた真澄に拍手を贈りながら、翔吾は自嘲《じちょう》の笑みを浮かべた。

だが、柄にもなく甘い気分に浸っていた翔吾に、またもブラッドが、思わぬ冷水を浴びせかけてきた。

「――だったら、もう、アレンのことは忘れたね?」

「…っ!?」

瞬間、翔吾は息を飲んで、蒼黒の瞳を瞠った。

どうしてここで、十年も昔に別れたアレンの名前が持ち出されてくるのか。

その理由はすぐに明らかにされた。

ヨーロッパで活躍しているアレンが、このニューヨークに戻ってくるというのだ。

「来月の頭、二週間に亘って開催されるサマー・フェスティバルに客演することが、急遽《きゅうきょ》、決まった。事実上の凱旋公演ってことになるな」

ブラッドの説明を聞いても、翔吾は言葉に詰まったままだった。

確かに、今やアレン・シモンズといえば、実力のある華やかなスター奏者として欧州でも名を馳せており、そのネームバリューだけで、世界中どこのコンサートホールであろうと満席にすることができるだろう。

そんなアレンが、これまで自らの出身地であるニューヨークで公演を行っていないことの方が、ある意味、不自然極まりない。

しかし、バネッサ・アームストロングとの確執を知る者にとって、それは無理からぬアレンの選択だったと理解できる。

ましてや、今回、客演が決まったという恒例のサマー・フェスティバルは、選《よ》りにも選って、アームストロング財団が大口のスポンサーを務めているのだ。

けれど、翔吾が不安要素を口にする前に、ブラッドが意外なセリフを言い放った。

「たとえ、お祖母様がなんと言おうと、俺はアレン・シモンズを全力でサポートする！　今回のアレンの客演は、絶対に誰にも邪魔させない！」

後でわかったことだが、バイオリニストとしての帰郷を望んでいたアレンに、ブラッドが奔走して、サマー・フェスティバルでの客演を持ちかけたのだという。

『ブラッド……』

強い決意に満ちたその横顔を見つめる翔吾の脳裏に、遠い日の記憶が浮かんで消えた。

その昔、翔吾とアレンがつき合っていた頃、確かまだ高校生だったブラッドは、気がつくと微かに頬を染めて、憧《あこが》れに満ちた眼差しでアレンの姿を追っていた。

もしや、あの頃から変わらず、ブラッドはアレンを想っていたのだろうか。

今はもう、すっかり大人の男になったブラッドの横顔を見遣る翔吾の思いは、ひどく奇妙な感慨に満ちていたのだった。

＊　＊　＊

やがて、二週間に亘って開催される、毎年恒例のサマー・フェスティバルがはじまった——。

あちこちに点在する大小様々なホールの他、セントラルパークでの野外コンサートなど、街中を舞台に多くのアーティストが華やかなパフォーマンスを繰り広げては、ニューヨーク市民の耳を存分に楽しませていく。

そんな中、真澄が登場したのは初日の夜。

真澄はオープニングを飾って、ジュリアード音楽院にある室内楽の名門、アリス・タリー・ホールで、デビューリサイタルと同じリストの《ラ・カンパネラ》を演奏して喝采を浴びた。

そして、最終日に当たる今夜、真澄は観客としてリンカーン・センターを訪れていた。

華やかにドレスアップした真澄をエスコートしているのは、言うまでもなく翔吾である。

『僕の翔吾が一番カッコいい！』

シャンパングラスを手に、社交に花を咲かせている着飾った紳士淑女で溢れたロビーを見渡した真澄は、思い切り鼻が高かった。

脚の長い、すらりとした長身に、鞭のようにしなやかな筋肉の鎧に覆われた上半身。引き締まって均整のとれた軀つきをした翔吾は、惚れ惚れするほど見事にタキシードを着こなしている。

フォーマルなブラックサテンにますます映える、艶やかな烏の濡れ羽色をした黒髪。その冴え冴えとした蒼黒の眼差しは、正に無敵の煌めきだ。

『うん！　やっぱり僕の翔吾が一番！』

真澄は嬉しくて仕方がなかった。

女の子ではないから、さすがに腕は組んでくれないものの、翔吾はさりげない身のこなしで、ナイトのように真澄を人混みから優しくガードしてくれる。

その嫌味のない洗練された雰囲気といい、物慣れて堂々とした立ち居振る舞いといい、翔吾は実に完璧なマナーを備えた紳士だ。

普段はあまり意識しないことだけれど、こういう姿を目の当たりにすると、やはり、翔吾はあのアームストロング家の人間なのだと実感させられてしまう。

実際、翔吾が身に纏う際立った存在感は、欧州の社交界に慣れ親しんだ真澄の目にも、また格別のものとして映る。

本当に、これほど華やかな表舞台が似つかわしい男も珍しい。

以前、翔吾から従弟だと紹介されたブラッド・アームストロングも、確かに褐色の髪に緑の瞳が印象的な美丈夫だったけれど、二人が並ぶと、恋人の欲目かもしれないが、やはり翔吾の方にスポットライトが当たっているような気がする。

財団総帥のバネッサが、翔吾を後継者に切望しているという噂話《うわさ》にも、なんだか頷けてしまいそうだ。

『でも、翔吾は僕だけのものなんだからね！』

たとえば今夜の舞台に駆け上って、大声でそう宣言してやりたい気分。

実を言うと、このところ、いつにも増して翔吾が自分にメロメロになってくれていないような気がして、真澄はイライラしていたのだ。

だから、御大バネッサ・アームストロングも出席するという、フェスティバルのフィナーレを飾る今夜のコンサートに、翔吾から正式な同伴者として誘われたときには、真澄は本当に天にも昇る心地だった。

だが——。

「そろそろ席へ行こうか？」

翔吾に促されて、真澄は上機嫌で微笑《ほほえ》んだ。

用意されていたのは、もちろん最高のＶＩＰ席で、真澄の二つ隣は、翔吾を挟んでバネッサ・アームストロングが座る主賓席だった。

少し機嫌が悪いのか、挨拶《あいさつ》を交わした以外、特に言葉はかけてもらえなかったけれど、翔吾の正式な同伴者として同席を認められただけで、真澄には特別な意味合いがあった。

何しろ、ショパンコンクールで出会って以来の顔見知りとはいえ、これまでの真澄は、バネッサにとって単なるお気に入りのピアニストの一人にすぎなかったからだ。

『あ、始まる！』

落ちた客席のライトに、真澄はステージに向き直った。

やがて、スポットライトを浴びて華麗に登場した、美しい金髪のバイオリニスト。

『アレン・シモンズだ！』

欧州時代から、真澄も見知った大人気のスター奏者。

これが事実上の凱旋コンサートだと聞いて、真澄は初めて、アレンがニューヨークの出身であることを知った。

波打つブロンドに青い瞳をした、元祖王子様といった容姿のアレンは、いかにもヨーロッパ的でノーブルな雰囲気を醸し出していたし、何よりも、真澄が子供の頃にはすでに欧州で活躍していたからだ。

『アメリカ人だったなんて意外だ。もしかして、翔吾と同じくらいの歳かな…？』

何も知らずに、あれこれ脈絡もなく思いを巡らせる真澄。

自分と同じ列に座るアームストロング家の面々が、どれほど複雑な思いを抱えて緊張していたかなど、そんな真澄には思いも及ばないことだった。

固唾《かたず》を呑んで舞台上のアレンを見つめる、バネッサ、翔吾、ブラッドの三人。

やがて、運命の演奏が始まった。

曲は、サラサーテ作《カルメン幻想曲作品25》――。

弓が振り下ろされた瞬間、観客はアレン・シモンズの虜《とりこ》になった。

ビゼー作曲のオペラ《カルメン》のメロディーをパラフレーズしたサラサーテの傑作。

スペインとフランスの伝統を受け継ぎながら、そこにロマ的とも言えるエッセンスをドラマティックに表現していくアレンの華麗な奏法。

ジプシーが内包する遊動、悲哀、衝動、即興といった要素が、迸る情熱となって一気に弾き上げられていく。

そして、客席に湧き起こった、激しい嵐のような熱狂。

その夜、およそ十年ぶりにニューヨークの地を踏んだアレン・シモンズは、まさに文字どおり、圧巻の凱旋を果たしたのだった。

一方、翔吾には、終演後にもう一つのドラマが待ち受けていた。

「――アレン……！」

客席を蹴って、なりふり構わず楽屋へと向かった翔吾は、振り返ったアレンに真っすぐ駆け寄った。

「翔吾……！」

見つめ合う瞳と瞳。

懐かしさとともに、この十年の思いが、一挙に熱く胸に押し寄せてくる。

『ああ、アレン……！』

翔吾は激しく後悔した。

十年前の、あの不幸な出来事についてではない。

その後の十年間、アレンがヨーロッパで活躍していることを知っていながら、一度もその演奏を聴こうとしなかったことに対してだ。

たった一度、こうしてアレンが弾くバイオリンの音色に耳を傾けていれば、この十年の間、独り愚かしく慙愧の念に囚われていた自らの過ちに、翔吾は気づくことができたはずだ。

そう、負い目を負わせたとか、負わされたとか、そんな問題はとうの昔に吸収され、互いの血肉となって消化されていた。

今、ここにあるのは、すべてを背負い、すべてを乗り越えてきた互いの存在だけだ。

翔吾は調律師としての新たな人生を手に入れ、アレンはバイオリン奏者としての道を、こんなにも極めようと邁進《まいしん》している。

この十年という歳月が、二人にとって、決して無駄ではなかったことの証し。

こうして向き合い、互いの瞳を真っすぐに見つめ合うことに、なんの躊躇《ためら》いも恐れも、ましてや、恥じて申し訳なく思う気持ちなど存在しない。

あるのは、自らを、そして、互いを誇らしく思う気持ちだけだ。

「アレン…！」

「翔吾…！」

互いの名を呼ぶ他に言葉は必要なく、二人は固く抱き合った。

二人にとって、新しい時間が始まった瞬間。

一方、楽屋口には翔吾に少し遅れた訪問者の姿があった。

バネッサとブラッドである。

「素晴らしい演奏でしたよ、アレン」

「…!?」

女帝の言葉に、翔吾とアレンは同時に楽屋口を振り返った。

そして――。

「十年前、私は怒りに我を忘れて過ちを犯しました。でも、今はアレン、あなたのその素晴らしい左手が潰されなかったことに、心から感謝しています。私を許してくれますか？」

「お祖母様……！」

翔吾はバネッサ・アームストロングが人前で自らの過ちを認め、許しを請う姿を初めて目の当たりにした。

しかし、それに対するアレンの答えは、謝罪を不要とするものだった。

「だって、僕はあなたをお恨みしたことはありませんから」

訪れた和解の時。

バネッサの後ろに佇むブラッドが、温かな微笑みを浮かべて言葉を紡いだ。

「――お帰り、アレン」

この一瞬を迎えるために、バネッサ・アームストロングの不興を買うかもしれないリスクを百も承知で、それでも水面下でアレンの凱旋に力を尽くしてきたブラッド。

アレンは改めて、その影の立役者の前に歩み寄った。

「ただいま、ブラッド……ありがとう……」

そう答えた瞬間が、アレンにとって、本当の意味での凱旋の時だったのかもしれない。

楽屋全体を包み込む温かな空気。

だが、ここに一人だけ、その空気の中に溶け込めない者がいた。

言うまでもなく、わけもわからず後を追ってきた真澄である。

『なんなんだよ、これって、いったい…！』

ただ独り、真澄は誰からも無視されて蚊帳《かや》の外に置かれている。

つい今し方まで、特別待遇で翔吾を独り占めしていたかと思っていたのに、まるで天国から地獄へ突き落とされたような心持ちだ。

アレン・シモンズの思わぬ登場によって、真澄に新たな嵐が訪れようとしていた。

＊　＊　＊

暑くて堪らない摩天楼の夏――。

それでも、このところの真澄の機嫌がすこぶる悪いのは、茹《う》だるような連日の酷暑のせいばかりではない。

「なんで？　ねぇ、なんでいっつもアレンとばっかり…！」

真澄はその日も遅くに帰宅した翔吾に食い下がった。

それというのも、あの凱旋コンサートの夜以来、翔吾がアレン・シモンズと急接近した気がしてならないからだ。

実際、何かと理由をつけては、翔吾はアレンと会っている。

今夜だって、翔吾が真澄を放ったらかしにして、アレンと食事に出かけたことを、真澄はちゃんと知っているのだ。

それなのに、真澄が怒っても、ちっとも翔吾は取り合ってくれない。

「いっつもだの、ばっかりだの、そんなはずないだろ？　アレンとは、学生時代からの昔馴《な》染《じ》みなんだ。前にもそう言っただろ？」

「そんなこと言って、今夜だって…！」

「今夜の食事はバネッサ・アームストロングの主催で、ブラッドもいたし、他にも音楽関係者が山ほどいたさ。アレンとは席が遠すぎて、ロクに話もできなかったよ」

「嘘ばっかり！」

「嘘って、お前…」

琥珀色の瞳を不満でいっぱいにしている真澄に、翔吾はため息を吐いた。

まったく困ったサーバルキャットである。

とはいえ、毛を逆立てて噛みついてくる姿は、なんとも言えず可愛くもある。

そう、思わず苛めて、泣かせてやりたくなるほどに——。

唇を尖らせて怒っている真澄の小さな顎先を、翔吾はその長い指先で捕らえた。

「そんなに俺に構って欲しいのか？」

「な、な、なんだよ、急に…!?」

ニヤリと笑みを浮かべて覗き込んでくる蒼黒の眼差しに、真澄は声を上擦らせた。

危険信号の点滅。

だが、しまったと思ったときには、もう遅かった。

逞しい腕に軽々と抱え上げられた真澄は、そのままベッドへ連れていかれてしまった。

「たっぷり構ってやる」

「えっ、えっ!?　ちょ、ちょっと待って…！」

焦ってベッドから逃げ出そうとするのを捕まえられ、あっと言う間に素っ裸に剝かれてしまう。

けれど、真澄が本当の意味で焦りの声を上げたのは、両手首を一纏めにする黒い革製の拘束具を嵌められたときだった。

「しょ、翔吾…っ!?」

驚く真澄を尻目に、翔吾は慣れた手つきで拘束具から伸びる鎖を、ヘッドボードのパイプに固定させてしまった。

横たわっているとはいえ、まるでベッドに吊《つ》るされてしまったような格好だ。

これまで、ネクタイで縛られた経験はあっても、こんな本格的な拘束具を使われるなんて、当然のことながら真澄は、初体験だ。

「いい眺めだ」

見下ろしてくる翔吾の視線に、真澄はカッと頰に朱を散らした。

「やっ…！」

襲ってくる恥ずかしい予感。

翔吾が唇の端に浮かべている微かな笑みが怖い。

だいたい、こんな本格的な拘束具を、翔吾はいつの間に用意していたのだろうか。

しかし、驚くのはまだまだ早すぎた。

「お前にプレゼントをやるよ」

そう言った翔吾の手には、小さな鈴のついた革製の首輪が握られていた。

「な、何、それ…っ！」

「猫には、やっぱり、鈴つきがいいだろ？」

楽しげに囁いて、翔吾が真澄の細い首に首輪を嵌める。

「なかなか可愛いぞ」

「や、やだ…！」

嫌がって首を振る度に、リリンと澄んだ音を鳴らす銀の鈴。

翔吾は宥めるように、その長い指先で、真澄の喉から顎の先までを、すうっとくすぐるように撫で上げた。

「あ、ん…」

その途端、思わず首筋を仰け反らせ、小さく喘ぎ声を上げる真澄。

翔吾は笑みを漏らした。

野生のサーバルキャットは気性が荒くて手に負えないが、若いうちに飼い慣らせば、ちゃんと人に懐くようになるのだ。

「もっと可愛くしてやる」

ますます悦しげに響く翔吾の声。

しかし、次にその手に握られたものを目にした真澄は絶句した。

左右に猫の耳がついたヘアバンドと、長いシッポ。そのシッポの先には装着用の突起として、ごく小振りなものとはいえ、明らかに男性器を模ったバイブレーターらしきものがついていたからである。

「そ、そんなもの、どこで…！」

「さぁ、どこだと思う？」

「や、やめろったら…！　僕は猫なんかじゃ…っ！」

嫌がっても、簡単に装着されてしまった猫の耳。

「物凄く似合うぞ」

小馬鹿にした翔吾の笑いに、ムッとした真澄だったが、今は猫の耳ごときに文句を言っている場合ではなかった。

翔吾の手には、まだ例のシッポが残っているのだ。

真澄は怖気立った。

「やだ、やだ…！　変態…っ！」

暴れても、両手を頭上で一纏めにされた先で、鎖がジャラジャラ音を立てるばかり。

「さて、本当に変態なのは誰かな？」

悦しげな笑みを浮かべる翔吾に、真澄は難なく下肢を捕らわれてしまった。

そのまま、折り畳むように下半身を持ち上げられ、曲げた膝頭を強引に左右に割られる。

「いや、いや…！」

「こら、暴れるな」

「いやぁ…っ！」

その蒼黒の瞳の前に、あられもなく秘所のすべてを曝す羞恥《しゅうち》。

露《あら》わになった可憐な蕾に、たっぷりとローションを垂らされ、塗り込められる。

マッサージするように窄まりの縁を何度もなぞられ、ゆっくりと内襞を掻き分けて指を挿入されると、情けないほど呆気《あっけ》なく軀の芯に震えが走った。

「あ、ぁん…っ」

チュプチュプといやらしい音を立てて、繰り返される長い中指の抽《ぬ》き挿《さ》し。

魔術師の指に、すっかり仕込まれてしまった軀が、真澄は憎くかった。

まるでパブロフの犬みたいに、何度となく快感を教え込まれた軀は、こんなふうに後孔を弄られると、条件反射のように花芯の先端を濡らしてしまうのだ。

「ん…ん…あぁ…っ」

前と後ろ、互いに呼応し合うかのように、トロトロに蕩け出す熱い粘膜。

「いい子だ、真澄」

「あ、く…んっ…」

「今、指よりも悦いモノをやるよ」

触れられもせず、はしたなく蜜を溢れさせた真澄の反応に満足して、翔吾は抜き取った中指の代わりに、シッポの突起部分を宛がった。

「や、ぁあ…っ!」

クプリと淫猥な音を立てて、蕾の入り口を抉じ開けると、あとはゆっくりとその根元まで呑み込まれていく淫らな突起。

「いっ、ぁあん…っ!」

小振りなものとはいえ、指よりも太く、もっと奥まで届くその恥ずかしい異物感に、真澄は悩ましく喘いだ。

「気に入ったか?」

「ん、ん、んんっ…!」

嫌々をして首を振る度に、リリン、リリンと喉元で鳴る銀の鈴。

嵌められた首輪に続いて、猫の耳をつけられ、とうとうシッポまで装着させられてしまった真澄の姿は、しかし、淫靡な背徳と被虐の香りに満ちて、不埒《ふらち》なほどそそられる風情だ。

より猫らしくさせるために、翔吾は真澄の軀を引っ繰り返して四つん這いにさせた。

「可愛くて、いやらしい猫だ」

「や、ん…っ」

高く上げさせられた、プリリと丸い尻の狭間から、恥ずかしく伸びる長い猫のシッポ。

暗い欲望が舌なめずりするのを感じながら、翔吾は手にしたリモコンのスイッチを入れた。

その途端、ビクンと激しく震えたシッポ。

「あっ、あっ、あっ…！」

襲ってくる内側からの刺激に、真澄は立て続けに声を上げた。

感じやすい内襞を掻き乱し、強弱をつけて暴れ回る震動。

「ひ、ひぃいんっ…！」

堪らずに、自らガクガクと腰を振る度に、濡れて勃ち上がった花芯が恥ずかしく揺れてしまうのをとめられない。

切なげに蜜を漏らしながら揺れる花芯と、同じリズムで鳴り続ける鈴の音が、真澄の羞恥心をいっそう強く掻き立てていく。

「あん、あん…い、やぁ…っ！」

腰の振りと鈴の音が刻むリズムに、悩ましくも淫らに絡み合っていく喘ぎのメロディー。前後左右に振れるシッポが、まるで欲情を指揮するタクトのようだ。

「いや、いや、もぉ…っ！」

「何がそんなに嫌なんだ？　前も後ろも、そんなに大悦びしてるじゃないか？」

「やっ、やっ…ぁ、あぁん…っ！」

リモコンのコントローラーをマックスまでスライドされて、真澄は尻を高々と掲げたまま、上体だけをシーツに突っ伏して激しく身悶えた。

熟れて張り詰めた花芯を、思う様、扱き立てて果てたいのに、革製の手錠で両手を一纏めに拘束されていては、それも叶わない。

いくら電動を強められても、それだけでは達けないのだ。

『あ、あ…もっと…もっとぉ…っ！』

きつくシーツを噛み締めて、真澄は浅ましく漏れ出そうとする喘ぎを必死で噛み殺した。

そう、今の真澄が欲しいのは、そんな作り物の震動ではなく、絡みつく内襞を情け容赦なく擦り上げ、苛め抜いてくれる激しい抽挿だ。

もっと太くて大きなもので、奥まで無理やり押し開かれ、壊れるほど滅茶苦茶に、アソコを突き上げて達かせて欲しい。

それなのに、翔吾はからかうようにコントローラーを上下にスライドさせるだけで、狂おしく身悶える真澄の姿を視姦《しかん》するばかりだ。

「あっ、あっ…や、ぁあんっ…！」

「どうした？　好きに達っていいんだぞ？」

「やっ、も…許…して…っ！」

とうとう音を上げて、真澄は恥ずかしく咽び泣いた。

「翔吾ので、して…よぉ……内、いっぱい擦って……奥まで…ちょうだい……」

自ら吐いた淫猥な言葉に、さらに欲情を煽られて感じてしまう羞恥。

それなのに、一旦、解けてしまった唇はとめられなかった。

「熱いの、で……いっぱい、突いて……達かせて…よぉ…！」

身も世もない真澄の哀願は、すぐに叶えられることになった。

スイッチが入ったまま、シッポの根元を摑まれ、グイッと一気に引き抜かれる。

「ひっ、あぁ…っ！」

衝撃に跳ね上がった腰を捕らえられ、真澄はそのまま背後から豪快に串刺しにされた。

「あっ、あっ、あっ…！」

それだけで、はしたなく蜜を迸らせてしまった花芯。

けれど、続く鋭い突き上げに、花芯は萎えることなく真澄の白い腹を打ち続ける。

願っていたとおりに内襞を酷く擦り上げられ、奥まで荒々しく犯してもらえる悦び。

「真澄…！」

「あっ、あっ…！　達く…っ！　も、達っちゃうぅ…っ！」

果てしなく襲ってくる快感の波に、真澄はどこまでも呑み込まれていった。

＊　＊　＊

「翔吾のバカ、バカ、バカ…！」

真澄は立ち上がったソファーの上から、床にクッションを叩きつけた。

相変わらず、アレン・シモンズとの関わりが気になって仕方がないというのに、それについて翔吾に問い質そうとすると、なぜだか決まってセックスに持ち込まれてうやむやにされてしまうことの繰り返し。

そもそも、翔吾とのセックスが悦すぎるのが悪いのだ。

「変態、変態、変態…！」

思い出しても、恥ずかしさで顔から火が出そうになる。

だいたい、軀で誤魔化そうなんて、卑怯《ひきょう》ではないか。

だが、いくら翔吾を非難してみたところで、最後には真澄も気持ち悦くなってしまうのだから、何をかや言わんという話である。

もっとも、あの猫耳とバイブ機能つきのシッポを使ったプレイの後には、さすがに頭にきて、ずっと入り浸っていた翔吾のマンションから自宅へ戻った真澄だったが、慌てて迎えに来てくれるはずもない翔吾に焦れて、結局は自分から舞い戻ってきてしまった。

今や真澄が自宅へ帰るのは、自分のスタインウェイでピアノの練習をする時間だけという有り様だ。

どう考えても、真澄ばかりが翔吾に夢中のような気がして、なんとも腹立たしいこの関係。

しかし、それでは翔吾が、真澄を完全に蔑ろにしているかというと、決してそういうわけではない。

サマー・フェスティバルの最終日にそうしてくれたように、何かのパーティーや集まりがあると、翔吾は必ず同伴者として真澄を誘ってくれる。

男女のカップルとは少し勝手が違うかもしれないけれど、つまりそれは、翔吾が世間に恥じることなく、真澄を正式なパートナーとして認めてくれているということだ。

そう、たとえば今夜も――。

「なんだ、まだ準備できてないのか？」

そう言って、カフスボタンを留めながら居間に入ってきた翔吾に、真澄は唇を尖らせた。

「だって、タイが上手く結べないいんだもん！」

今夜はミッドタウンにあるホテルで行われる、アームストロング財団主催のパーティー。件のロウアー・マンハッタンに建設中だったコンサートホールの竣工を祝うとともに、ホールの柿落としとして、十二月に開催される落成記念のチャリティー・コンサートの概要を発表するための集まりだという。

きっと、各界の著名人にマスコミ、それに、多くの業界関係者が集まることだろう。

そんな華やかな席に、財団理事でもある翔吾と一緒に出られるのは、もちろん真澄としても名誉なことだと思うし、とても嬉しいことでもある。

ただ、そのパーティーにはアレンも招待されていると聞いて、真澄は少々お冠なのだった。

それなのに、そんな真澄の気持ちを知ってか知らずか、翔吾は相変わらず、我関せずの態度を崩さない。

とはいえ、冷たいようでいて、邪険にしすぎないところが、この調教師の手綱さばきの上手いところだ。

「どれ、貸してみろ」

翔吾は膨れっ面の真澄をソファーから下ろすと、その襟元のリボンタイを綺麗《きれい》に結び直してくれた。

それから、尖った仔猫のような顎先を指で撫で上げ、「なかなか可愛いぞ」と小さく囁いて笑みを浮かべる。

『しょ、翔吾ってば、ズルい……！』

あの蒼黒の瞳で見つめられながら、そんなふうに甘く囁かれては、何も言い返せなくなってしまうではないか。

『いいんだ、いいんだ、もう……！』

真澄は微かに頬を染めて横を向いた。

『それなら今夜は翔吾にベッタリくっついて、誰が翔吾の恋人なのか、みんなに見せつけてやるんだから……！』

真澄の胸に芽生えた決意は、もちろん、あのアレン・シモンズに対するものでもあった。

翔吾とともに、迎えのリムジンに乗り込んだ真澄の意気が、揚々となっていたのは言うまでもないことだった。


案の定の大盛況ぶり――――。

欧州の社交界で、こうした席には大概慣れている真澄の目にも、さすが全米屈指の財団主催と映る、豪華な顔ぶれの列席者たちがパーティー会場を埋め尽くしている。

しかし、これだけ多くの人が集まると、中には会いたくもない相手が混じるものである。

「真澄！　お前、真澄・ビアレッティじゃないのか？」

そう声をかけられた時、アレン・シモンズの所在にばかり気を取られていた真澄は、一瞬、それが誰だかわからなかった。

『えっと、確か……ケビン、だったたっけ……？』

真澄はようやく思い出した。

顔にニキビ痕が残る、頭でっかちの赤毛の青年は、真澄より二つ歳上のアメリカ人ピアニスト、ケビン・マイヤーだった。

こうして顔を合わせるのは、たぶん四年ぶりくらいになるものの、ケビンは一時期、留学していたパリのコンセルバトワールで、真澄と同じマエストロに師事していたこともある青年だ。

そして、有り余る真澄の魅力に平伏さなかった、数少ない男の一人でもあった。

いや、それどころか、ケビンは事あるごとに真澄を敵視して、時に悪質とも思える嫌がらせをした危険人物だった。

『嫌なヤツに会っちゃったな…』

真澄はわずかに眉を顰めた。

過去にケビンが真澄を目の仇《かたき》にした理由はただ一つ、その嫉妬にあった。

それというのも、ケビンは正確無比なテクニシャンと評されることはあっても、人々の胸を打つような演奏とは無縁で、学校でもコンクールでも、期待するほど高い評価を得ることができなかったからだ。

一方、その非凡な超絶技巧が取り沙汰《ざた》されながらも、聴衆の心を揺さぶる華麗で情感豊かな音色を奏でる真澄は、神童の名をほしいままに、欧州中のコンクールを総舐めにした。

同じ教授の教え子に名を連ね、年齢的には二つも歳上でありながら、コンセルバトワールで一度として真澄の上に立てなかったケビンは、理不尽な怒りを募らせ、真澄への嫌がらせに熱を上げた。

どうにも厄介だったのは、ケビンが大金持ちのお坊ちゃんだったことだ。

父親が有名な投資家であり、大企業マイヤー・コーポレーションのオーナーでもあることから、ケビンはその悪巧みにも金を惜しまず、自らの手を汚さないために、なかなか退学などの処分に追い込めなかったのだ。

蛇のように執念深く、妙なプライドに凝り固まった、狡猾《こうかつ》で偏執的な男――。

そんなケビン・マイヤーと、こんなところで顔を合わせるとは、なんとも不快なことである。

『アレンと対決する前から、なんだかついてない感じ…！』

真澄の胸に漂い出す暗い影。

しかも最悪なことに、ケビンは翔吾とも顔見知りだった。

ケビンの父親が経営するマイヤー・コーポレーションは、アームストロング財団とも浅からぬ取引関係にあるというから当然のことかもしれないが、真澄には猛烈におもしろくなかった。

「ねぇ、翔吾、今度は僕のピアノも調律してよ。僕、腕のいい調律師を探してるんだ」

図々しく翔吾に話しかけてくるケビンに、真澄は思い切りムッとした。

翔吾のスケジュールは常にいっぱいで、真澄のために割く時間を作るのも大変なのだ。

『ケビンのヤツ、冗談じゃないぞ…！』

翔吾が「そのうち」などと、社交辞令を返すのすら聞きたくなくて、真澄はすかさず会話に割って入った。

「僕の翔吾は忙しいんだ！　リサイタルの予定もないくせに、調律師なら他を当たれよ！」

随分と底意地の悪い物言いだったけれど、実際、ケビンにはデビュー後も活躍の機会がほとんどなく、これまで何回か開かれたというコンサートは、そのすべてがマイヤー・コーポレーションのお抱えで、当然のことながら、批評家からは芳しい評価を得られなかったのだ。

だが、礼儀を弁えずに言いすぎた真澄は、すぐに翔吾から窘《たしな》められることになった。

「こら、失礼だぞ、真澄！」

結果として、真澄が働いた無礼の分、翔吾が必要以上のリップサービスを行わなくてはならなくなったのは、なんとも皮肉なことである。

「必要があれば、可能な限りスケジュールを調整させてもらうよ。近々、リサイタルの予定でもあるのかな？」

翔吾に取り成してもらえたケビンは、憎らしいほど嬉しそうな顔をしている。

けれど、社交辞令にすぎなかった質問に、意外すぎる答えが返ってきたのには、真澄だけでなく、それを尋ねた翔吾も驚きを隠しきれなかった。

「ええ、僕、今夜発表される新しいコンサートホールの柿落としで、あのアレン・シモンズと協演するんです！」

「えええっ!?」

翔吾と真澄、二人同時に上げた頓狂《とんきょう》な驚きの声。

得意満面のケビンが語るには、バネッサ・アームストロングの鶴の一声で、チャリティー・コンサートのメイン奏者はバイオリニストのアレン・シモンズに決まり、その協演者として、マイヤー・コーポレーションの推薦を受けたケビンが選ばれることになったというのだ。

『そんなバカな…！』

またしても父親の財力に物を言わせたのかと、思い切り鼻白んだ真澄だったけれど、実際にはポーカーフェースでケビンの話を聞いていた翔吾の方が、ずっと呆れ果てていた。

『絶対、嘘だ！　どれほどマイヤー・コーポレーションとのビジネスがあろうと、お祖母様がケビンみたいな二流のピアニストに演奏させるはずがない！　ましてや、今後のバックアップを約束したアレンの協演者に選ぶなんて、絶対にあり得ない！』

果たして、憤慨した翔吾の予想は当たっていた。

それからわずか三十分後、バネッサ・アームストロングの口から発表された内容は、ケビンの話とはまるで違っていたからだ。

いや、メイン奏者にアレンが選ばれたのは本当だったから、嘘は後半部分だけか。

「――そして、この素晴らしいバイオリニスト、アレン・シモンズの協演者には、今、私の一番のお気に入りでもある期待の新星を選びました」

会場の期待を煽って鳴り響く、ドラムの効果音。

真澄のすぐ隣では、ケビン・マイヤーが得意の絶頂で、自分の名前が呼ばれるのを待ち構えていた。

だが、その瞬間、眩《まぶ》しいスポットライトが捉えたのは、真っ白なスーツに身を包んだ真澄の姿だった。

「摩天楼に舞い降りた麗しきヴィルトゥオーソ！　真澄・ビアレッティです！」

華々しいバネッサのコールとともに、ワッと盛り上がる場内。

突然のことに、真澄はその琥珀色の瞳を大きく見開くばかりだ。

実は、このチャリティー・コンサートへの出演は、すでにマネージャーのエリンが依頼してきた財団側と契約済みだったと真澄が知るのは、後日のこととなる。

「ほら、お呼びだぞ、天才ピアニスト」

「翔吾…？」

その大きな手に背中を押されて、真澄はバネッサとアレン・シモンズが待つステージへと向かう一歩を踏み出した。

その途端、両脇に分かれて花道を作り、進んでいく真澄を拍手で見送る人々。

美しく頭《こうべ》を上げて、颯爽《さっそう》と歩みを進めていく真澄は、まさに光り輝くスターだった。

しかし、その一方で、自らの筋書きを完膚なきまでに裏切られたケビン・マイヤーが、得意の絶頂から奈落の底へと突き落とされたのは言うまでもない。

『真澄のヤツ…！　このニューヨークでまで、この僕を…！』

父親の絶対的な地盤のあるニューヨークでの敗北が、嫉妬に凝り固まった偏執的なケビンの暗い怒りに火をつけた。

そして、惨めに面目を潰された屈辱の怒りを、理不尽にも真澄に対して爆発させることに、ケビンはなんの躊躇いも覚えなかった。

「おい、真澄っ！」

パーティーが終わり、翔吾のマンションの前でリムジンから降り立った真澄は、そこで待ち伏せしていたケビンの姿に驚いた。

「な、なんで、ここに…！」

琥珀色の瞳を見開いた真澄を、ケビンは鼻で嗤《わら》った。

「やっぱり、お前、翔吾と寝てたんだ？　バネッサ・アームストロング一番のお気に入りの孫と寝て、演奏者の座を射止めるなんて、お前は最低だ！　この汚らしい男娼《だんしょう》野郎！」

「なっ…！」

怒りのあまり、言葉が出てこない。

軀を使って今回の演奏者に選ばれたなんて、そんな侮辱があるだろうか。

けれど、わなわなと身を震わせるばかりの真澄に代わって、後から降りてきた翔吾が、この恥知らずな狼藉者に対峙してくれた。

「ケビン！　妙な言いがかりをつけるのはよせ！　これ以上、真澄を侮辱する気なら、俺が相手になる！　言っておくが、死ぬほど後悔することになるぞ？」

凄みのある蒼黒の瞳に睨めつけられて、ケビンは滑稽《こっけい》なほど顔を引き攣らせている。

だが、歪《ゆが》んだ復讐心を滾らせたケビンは、簡単には引き下がろうとしなかった。

「パパに言いつけてやる！」

「おい、ケビン、いい加減に――」

「だって、僕は知ってるんだからな！　偉そうなこと言ったって、真澄の前はアレンと寝てたくせに…！　自分が寝た相手を次々ステージに上げるのは、どんな気分だよ…！」

「…っ!?」

瞬間、真澄の胸に走った衝撃。

『しょ、翔吾が、アレンと…？　な、何を言ってるんだ、ケビンのヤツ…！』

そんなバカなと思う一方で、ずっとモヤモヤしていた翔吾とアレンの関わりが、これではっきりしたという妙な納得が、真澄の心に交錯する。

『やっぱり、やっぱり…！　ただの昔馴染みなんかじゃなかったんだ…！』

思わず一歩後退《あとずさ》るほど、怯んでしまった真澄の気色を、その弱みにつけ込もうとするケビンは決して見逃さなかった。

「だから、いい気になるなよ、真澄！　お前なんか、どうせアレン・シモンズの後釜なんだ！　それなのに、アレンのバイオリンを引き立てる伴奏者になるなんて、とんだお笑いだ！」

勝ち誇って、ケビンがヒステリックな笑い声を上げる。

「だいたい、今回のコンサート自体、十年ぶりに戻ってきたアレンの名声を広めるために開かれるようなものなんだ！　ひょっとすると、翔吾はアレンと縒《よ》りを戻したいのかもしれないぞ！　惨めだよな？　大事な恋人が、昔の男と縒りを戻すお膳立てにピアノを弾く、太鼓持ちをやらされるなんて！　ホント、惨めで笑えるぜ！」

卑しく響き渡る嘲笑の中で、真澄は顔面蒼白になった。

翔吾という急所を、まるで滅多打ちにされた気分だった。

とはいえ、こんな卑劣な暴言に泣き寝入りするほど、真澄のプライドは低くない。

翔吾に護ってもらうばかりの、か弱い男ではないのだ。

「黙れ！」

翔吾が口を開くより先に、真澄は毅然《きぜん》として声を上げた。

「負け犬の遠吠えは見苦しいぞ、ケビン！　今更、お前が何を喚こうと、ピアニストとして選ばれたのは、この僕だ！　それなのに、こんなところで待ち伏せなんて、それこそ惨めそのものじゃないか！　恥を知れ！」

胸のすくような見事な啖呵《たんか》に、気圧《けお》されたケビンがブルブル震えている。

その醜く引き攣った顔を一瞥して、真澄は何事もなかったかのように、真っすぐマンションのエントランスホールへ向かった。

しかし、誇り高く毅然としたその横顔とは裏腹に、真澄の胸の内は千々に乱れていた。

『翔吾と、アレンが…！』

どんなに強く打ち消しても、さもしい思いが胸を去らない。

アレン・シモンズとの協演を控えた真澄の心には、不安と猜疑《さいぎ》が入り混じった妄想が、激しく渦巻いていたのだった。

＊　　＊　　＊

協演の曲目に決まったのは、ベートーヴェン作曲のバイオリン・ソナタ、第9番イ長調作品47《クロイツェル》――――。

その妙なる調べで、かの文豪トルストイを触発し、美しい妻の不倫を疑った貴族の妻殺しを描いた《クロイツェル・ソナタ》を執筆させたという、聴く者の心を掻き毟り、その欲望を露わにするかのような名曲である。

バイオリン・ソナタの最高峰と称えられるこの曲は、フランス革命の余波が欧州中に広がっていた一八〇三年、天才バイオリニスト、ルドルフ・クロイツェルに捧《ささ》げるため、ベートーヴェン自らがピアノのパートを受け持って初演された、難解にして革新的な名曲だ。

『負けるもんか……！』

その日、初めてリハーサルのためにスタジオで顔を合わせたアレン・シモンズを前に、真澄は心に熱く闘志を燃やしていた。

そう、協演とは名ばかりの、これは二人の音楽家による戦いだ。

それというのも、《クロイツェル》は、それ以前の伝統的なバイオリン・ソナタの常識を打ち破って、バイオリンとピアノが対等に渡り合う、激しくも妖しい調べの二重奏だからである。

しかも、このスタジオには、翔吾がいる。

『絶対に負けられない……！』

ピアノの前に座った真澄は、ますます気持ちを昂ぶらせていた。

何しろ、あの卑劣なケビン・マイヤーに待ち伏せされた夜から三日――。

真澄の心は、一瞬たりとも安まることがなかった。

この悶々たる思いをすっきり蹴散らすためには、ピアノを弾いて、アレンを打ち負かすしかないのだ。

ところが――。

『全然、すっきりしなぁい…っ！』

二時間後、真澄は爽快感とは程遠い、消化不良にも似た思いに囚われていた。

独りで練習していたときには、一度も感じたことのない焦燥感。

「まぁ、今日は初回の音合わせということで、このくらいにしておいたらどうだ？」

リハーサルの切り上げを促す翔吾の言葉に、真澄は憤然と楽譜を掻き集め、挨拶もそこそこにスタジオを後にした。

『どうして、すぐに僕を追いかけてきてくれないんだよぉ…！』

足早に帰路についた真澄は、アレンと二人、スタジオに残っている翔吾が腹立たしくて仕方がなかった。

一方、スタジオに残った翔吾は、バイオリンをケースに仕舞っているアレンに、小さく肩を竦めて見せた。

「悪いな、アレン、行儀の悪い子供で」

「それを翔吾が謝るわけ？」

「ああ、いや…」

アレンの突っ込みに、翔吾は決まり悪げに頭を掻いた。

今更、真澄との関係を隠す気もない翔吾だが、さすがにアレンを前にすると面映い。

そんな翔吾に、「趣味変わったよねぇ？」などと、アレンが冷やかしの言葉をかける。

もっとも、真澄のピアニストとしての才能と力量には、アレンも一目置いている。

「でも、やっぱり、巧いね、彼」

「ちょっと若さが空回りしてるけどな」

「その若さがいいんじゃない？　触発されるよ」

「触発、ねぇ？」

翔吾は苦笑を浮かべた。

そんなふうに言われると、なんだか老け込んだ気分になってしまう。

とはいえ、その昔、翔吾とアレンがつき合い始めたのは、今の真澄と同じ年頃だったわけで、それを考えると、確かに年を取ったものである。

『まぁ、あんなにガキではなかったけどな…？』

当時に思いを馳せて、翔吾は再び小さく肩を竦めた。

しかし、今日の真澄が空回りしていたのは、何も若さのせいばかりではないことを、翔吾はちゃんと知っていた。

あのケビン・マイヤーが吐いた余計な一言で、昔、翔吾とアレンが恋人同士だったことを改めて知った真澄は、独り苛立ちを募らせ、アレンへの敵意を持て余しているのだ。

『参ったな……』

それはもちろん、前もって本当のことを話しておかなかった翔吾も悪いのだろうが、それでも、十年も昔の恋愛に焼もちを妬《や》かれても困ってしまう。

それに、いくらつき合っているからといって、現在の恋人には、過去のすべてを洗い浚《ざら》い話さなくてはならないというものでもないだろう。

そもそも、三十一歳になる翔吾には、恋愛も、それ以外も含めて、その年齢に達している大人の男なりに、様々な過去があるのだ。

『ま、それが理解できるようになったら、追い追い話してやるさ』

本格的に始まってから、たかだか半年程度に過ぎない真澄とのつき合い。

この先が、まだまだ長いと思うからこそ、翔吾は真澄に対して鷹揚《おうよう》に構えている。

「じゃあ、また、リハの時に」

次の仕事に向かうために、翔吾はアレンに別れを告げ、スタジオを後にしたのだった。

さて、その頃、独り翔吾のマンションに戻ってきた真澄は、再びケビン・マイヤーの待ち伏せを受けていた。

「よぉ、太鼓持ち！　アレン・シモンズの伴奏は、どんな調子だ？」

そのあからさまな挑発に、真澄は表情を険しくした。

ただでさえイライラしている時に、伴奏者扱いされるのが、いちばんムカつく。

現状、確かにキャリアもネームバリューもアレンの方が上かもしれないけれど、同じ舞台に立てば、真澄は一人のピアニストとして、協演するアレンと対等なのだ。

「惨めな負け犬の遠吠えを聞いてる暇はないんだ！」

しかし、冷たくその横を擦り抜けていこうとした真澄を、ケビンは許さなかった。

「捕まえろ！」

ケビンの命令で、同道してきたレスラーのような大男が、真澄の肩を摑んで引き戻した。

「な、何をする…！」

「いいから、僕の話を聞けよ！」

ケビンは抵抗を封じられた真澄の頰をパチパチと叩いて命令した。

「翔吾の左腕の傷と、アレンの関係、お前も知りたいだろ？」

「え…っ!?」

真澄は目を瞠った。

翔吾からは、昔あった事故の傷跡だとは聞かされていたものの、そこにアレンが関係していたとは、真澄は一言も聞いていない。

『そんな…！　あの傷跡にも、アレンが…？』

真澄の脳裏に蘇る、夜中に傷跡を見つめ、何かしら物思いに囚われていた翔吾の横顔。

真澄は唇を噛み締めて、その琥珀色の瞳を閃かせた。

悔しいけれど、何かがあったというのなら、真澄は堪らなくそれを知りたかった。

『あの二人の過去に、いったい何が…！』

果たして、そんな真澄の切望を見て取ったケビンは、下卑た笑みにその口許を歪めた。

「だいたい、高瀬翔吾が将来を嘱望されたピアニストだったって、お前、知ってるのか？」

「えぇっ…!?」

その瞬間の、真澄の驚き。

あの魔術師の指が、真澄と同じピアニストのものだったなんて、どうして簡単に信じられるだろうか。

『だって、だって、翔吾は…！』

それがケビンを喜ばせるだけだとわかっていても、真澄は激しく動揺する自分自身を抑えることができなかった。

「なんだ、そんなことも知らなかったのか？　翔吾はお前と寝ても、大事なことは何も話してくれていないんだな？」

「くっ……！」

ケビンの嘲笑が胸に突き刺さる。

こんなヤツさえ知っている話を、真澄は何一つ翔吾から知らされていないのだ。

そして、下劣なケビンの口から聞かされることになった、十年前の不幸な出来事――。

『ああ、そんな……！』

激しくショックを受けている真澄に、ケビンが畳みかけた。

「翔吾は間違いなく、今でもアレンを愛してるぜ？　嘘だと思うなら、このDVDを見てみるんだな！　僕の言ってることが本当だって、身に染みてわかるだろうよ！」

そう言って、ケビンは真澄の手に一枚のDVDを押しつけた。

「お前なんか、所詮、アレンの演奏を引き立てるための伴奏者だ！　利用されて恥をかくのが嫌なら、さっさと協演から降りるんだな！」

この前の夜とは対照的に、勝ち誇って颯爽と帰っていくケビンの後ろ姿。

呆然と立ち尽くす真澄の手には、渡された一枚のDVDだけが残されていた。

再生したＤＶＤには、真澄が知らない数々の過去が映っていた。

こんな十年以上も昔のプライベートな写真のデータを、ケビンはどこで手に入れたものか、どちらも二十歳くらいに見える翔吾とアレン。

けれど、真澄が本当の衝撃を覚えたのは、画面が動画に切り替わって、正装した若き日の翔吾が、スタインウェイに向かっている姿が映し出されたときだった。

「――っ…！」

驚嘆の一瞬。

我知らず、真澄は手にしたリモコンのボリュームをどんどん上げていた。

曲は、激情溢れる怒りのショパン、エチュード第12番ハ短調作品10の12《革命》、そして、暗い情熱を秘めた即興曲、第４番嬰ハ短調作品66《幻想即興曲》へ――。

才気と魅惑溢れる華麗な旋律。

キレのあるタッチから繰り出される、胸に迫る音色の洪水。

力強い魔術師の指が奏でていく緊張感と高揚感が、まるで螺旋構造のように激しく絡まり合いながら、どこまでも高く高く飛翔していく。

『凄い…！』

同じピアニストだからこそわかる、翔吾の持つ底知れぬマグマのような情熱と可能性。

鳥肌が立つ思いに、真澄は震えた。

こんな画面の中でさえ、恐るべき才気を漲らせているピアニストが、十年後の今日、仮にこの世界に存在していたとしたら、どれほどの名奏者となっていたことだろうか。

きっと真澄は、その演奏に嫉妬と羨望《せんぼう》を覚えながらも、激しく魅了されたに違いない。

だが、このピアニストはもういない。

かけがえのない左腕を潰されてしまったのだ。

『翔吾…っ！』

真澄は胸を掻き毟られる思いだった。

車に同乗していたアレンに罪がないのは知っている。

それでも、ピアニストとしての輝かしい未来と、これほどまでの才能を失って尚、アレンを恨まず、あまつさえ、バイオリニストとしての成功を喜んだりできるものだろうか。

『それほど、翔吾はアレンを…！』

真澄の脳裏に今も鮮明に残る、あの凱旋コンサートの後、楽屋で固く抱き合う二人の姿。

『僕にはできない…！』

琥珀色の瞳から、絶望的な涙が溢れた。

もし、今の真澄がピアニスト生命を奪われてしまったら、きっと何十年経っても立ち直ることなどできはしないだろう。

ましてや、自分と同時期に音楽の道を志した者たちの成功を喜ぶなんて、絶対にできない。

心が狭いと言われようと、人でなしと罵《ののし》られようと、真澄にとって、ピアニストであるということは、それほど真澄のすべてを占めているのだ。

それなのに、翔吾は――――。

『翔吾は今でも…！　今でもアレンを愛してるんだ…！』

真澄は激しく打ち拉がれた。

事故がもたらした地獄の悲劇も、十年の歳月すらも乗り越えて、今も翔吾の胸にアレンが棲み続けているとしたら、どれほど軀を重ねても、翔吾が少しも真澄に夢中になってくれなかったのにも頷ける。

『翔吾…！』

止めどなく溢れ続ける涙。

こんなにも重大な過去の出来事について、翔吾が何も話してくれていなかったことが、尚更に真澄の心を傷つける。

『翔吾にとって、僕はその程度の存在でしかなかったんだ…！』

果てしなく襲ってくる、まるで底なし沼のような絶望感。

このまま、奈落の底までも堕ちていけるような気さえした。

だが、しかし――――。

『翔吾…！』

真澄は歯を食いしばって、その頭を上げた。

こんなふうにただ泣きながら、真澄は黙って沈んでいくような、そんな弱い人間ではない。

たとえ、哀しみで心がズタズタに引き裂かれても、真澄にはピアニストとしての絶対的なプライドがある。

そう、真澄はピアニストなのだ。

過去や現状がどうであろうとも、真澄には同じ舞台の上で、バイオリニストであるアレンと真っ正面から勝負ができる。

圧倒的な演奏でアレンを凌駕《りょうが》し、音楽家として自分の方がアレンよりも優れていることを翔吾に見せつけ、その心を魅了して、必ず翔吾を取り戻してみせる。

翔吾は真澄だけの魔術師で、真澄だけの恋人なのだ。

『絶対、勝ってみせる…！』

惨めに悲嘆の涙に暮れるのは、誓って今だけのことだ。

DVDプレーヤーを止めた真澄は、練習するために自宅マンションへ向かった。

これまでに感じたこともない激しい闘争心の炎が、メラメラと真澄の心を焼き尽くそうとしていた。

＊　　＊　　＊

情熱、闘志、焦燥感――鬼気迫るほどに濃密な激情が、真澄の弾くスタインウェイから迸っている。

『おい、おい、いったい…?』

調律師である翔吾の関わりさえも拒むかのごとき、圧倒的な気迫と情念。

暴力的ですらあるそれらに、翔吾は調律師として「まずい!」と感じながらも、心の底ではひどく魅了されている自分自身を否定できなかった。

『真澄…!』

この十日間、あれほど翔吾の部屋に入り浸っていた真澄が、自宅に引き籠もり、朝から晩までスタインウェイに向かっている。

これまでにも練習時間には自宅に戻っていた真澄だが、今回は戻ったきり、寝食を忘れて練習に打ち込んでいるという。

「こんなこと、デビューリサイタルのときにもなかったわ……」

マネージャーとして、その勤勉ぶりを喜びつつも、エリンが不安そうな顔をするのも無理はない。

なぜなら、真澄はたぶん、間違った方向へ走り出している。

だが、何も考えず、ただ激情のままに疾走するこの姿の美しさはどうだろうか。

『やっぱり、コイツは凄い……！』

ただ心のままに、惚れ惚れと魅入られる歓びを拒まなかった翔吾は、しかし、すぐに問題にぶち当たることとなった。

それは、リハーサル室での激突——。

アレンと協奏するはずの真澄は、たがの外れた感情の奔流に呑み込まれて、完全に自分自身を見失ってしまった。

「飛ばしすぎだ、真澄！　楽譜の指示記号をよく見ろ！」

「うるさいっ！　アンタが下手クソなんだろ！」

ヒステリックな怒号と激しい対立。

しかし、真澄に非があるのは、誰の目にも明らかだ。

難曲《クロイツェル》は、第1楽章から揺れ動く旋律が聴く者に不安と焦燥感を与える。

強く訴えてくる半音の不協和。

隣り合った二つの音からなる半音動機のモチーフ。

満たされようとして満たされない渇望感が、半音ずつ上昇していく緊張感漲る旋律とともに展開していく。

冒頭から僅か30小節の間に七つの調を使い、十一回もの転調を繰り返す劇的表現の追求。

ベートーヴェンは人間の内面を揺さぶる音楽を実現させるために、異例とも言える指示記号の多さで、演奏者に極めて細かい表現能力を求めている。

この上もなく前衛的で、革新的なバイオリン・ソナタ――。

これ以前の伝統的なバイオリン・ソナタ、たとえば、モーツァルトの第1番では、主旋律を奏でるのはあくまでもピアノで、バイオリンは主役を引き立てる伴奏的色調が否めなかったけれど、この《クロイツェル》は違う。

ピアノとバイオリンが互いに対等な立場で鬩《せめ》ぎ合い、激しくぶつかり合うことで展開されていく劇的な二重奏。

互いが一歩も譲ることのない、あくなき旋律の鬩ぎ合いこそが、バイオリン・ソナタの最高峰と呼ばれる《クロイツェル》の真髄なのだ。

それなのに、今の真澄の演奏は、対等であるはずの相手を無視した暴走でしかない。

『真澄…！』

翔吾は激しく後悔した。

これは、状況が危険だと気づいていながら、迸る情熱にとり込まれるあまり、この十日間というもの、真澄を制止しようとしてこなかった翔吾の罪だ。

けれど、今はそれがわかっていても、真澄を叱って止めるしかない。

尚も激しくアレンに食ってかかろうとする真澄の肩を、翔吾は背後から捕らえた。

「よさないか、真澄！　間違っているのは、お前の方だ！」

その刹那、翔吾を振り返った真澄の琥珀色の瞳。

滾るような怒りと絶望が、自分を睨むように見据えている瞳の奥に閃いて、翔吾は一瞬、言葉を失った。

『…っ!?』

張り詰めていた激情の糸が、ふっと弛んだかのような一瞬。

真澄が身を翻したのは、胸を衝かれる思いに、翔吾が声をかけようとした時だった。

「真澄…っ！」

脱兎のごとく、リハーサル室から飛び出していくその後ろ姿。

いつもは真澄の後を追わない翔吾だが、今日は、そのいつもとは違っていた。

果たして、そんな翔吾の背中を押したのは、他でもない、アレンの言葉だった。

「早く追いかけていきなよ」

「アレン…」

「あの子のピアノ、僕に翔吾をとられまいとして、可哀想なくらい絶叫してたよ。早く捕まえて、自分はあの子のものだって、ちゃんと教えてあげなくちゃね?」

アレンの指摘に、翔吾は目を瞠った。

『真澄が…不安がっていた…?』

常にわがまま放題の傍若無人。

臆面もなく、自分の欲求はなんでも突きつけてくるくせに、これまで真澄は一度として、そんな不安を訴えてきたことなどなかった。

『あの、真澄が…？』

少なからず驚いている翔吾に、アレンが小さく肩を竦めた。

「もぉ、恋心ってものが、わかってないなぁ、翔吾は？　ああいうプライドの高い女王様タイプが、そんな泣き言を素直に言えると思う？　ああ、でも、そういう子を苛めて泣かせて、縋りつかせるのが翔吾の趣味だったっけ？」

楽しげにからかいの笑みを浮かべるアレンに、翔吾は返す言葉もなかった。

まったく、真澄を困ったお子様だと思っていたというのに、これでは、誰が本当に子供かわからないではないか。

「わかったよ。しっかり捕まえて、ちゃんと教えてくる」

アレンに宣言して、翔吾は真澄の後を追ったのだった。

さて、スタジオを飛び出した真澄は、建物の地下駐車場にいた。

『悔しい…！』

アレンや翔吾に指摘されるまでもなく、楽譜や指示記号を無視して突っ走ったのは自分の方だったと、真澄にも痛いほどわかっていた。

しかし、わかっていて、それでも自分を抑えられなかったのは、それほどまでに翔吾を欲する真澄の気持ちが激しかったからだ。

『翔吾…！』

堪えがたいのは、とり憑《つ》かれた邪念に支配されるあまり、ピアニストとしての自分自身の存在すら見失ってしまったこと。

『最高のピアニストとして、演奏でアレンを凌駕してやるはずだったのに…！』

もう気持ちはグチャグチャだった。

自分がプロとして失格だったとわかっているのに、正しい指摘をしたに過ぎない翔吾が、それでもアレンの肩を持ったようにしか感じられない自分自身の卑屈さが、真澄には惨めで堪らない。

だが、どんなに堪えがたく惨めであろうとも、真澄は絶対にこの勝負から降りるわけにはいかないのだ。

そう、真澄が翔吾を欲している限りは――。

『翔吾…！』

真澄は必死に自らを奮い立たせた。

翔吾も見ていたというのに、情けなく敵前逃亡したまま姿をくらませるなんて、真澄のプライドが許さない。

『負けるもんか……！』

けれど、この悲壮感漂うまでに高い真澄のプライドを、猛烈に嫌悪し、心の底から憎んでいる者があった。

あのケビン・マイヤーである。

「――アイツ、どうして未だにピアニストの座を降りないんだ……！」

高額のギャラで私立探偵を雇い、十年も昔の個人データを掻き集めてＤＶＤまで作らせて、真澄のアキレス腱とも呼べる翔吾の過去を暴いてやったというのに、十日経ってもピアニストを辞退しない真澄に、ケビンは痺れを切らしていた。

予定では、公私ともにプライドを傷つけられた真澄が、一方的にアレンの協演者を辞めると喚き出し、指名したバネッサ・アームストロングの怒りを買うはずだった。

その機を逃さず、再び父親のマイヤー・コーポレーションから働きかけをしてもらえば、当初の予定どおり、お鉢が自分に回ってくるかもしれないと、ケビンはそう計算していたのだ。

それなのに、真澄は一向にへこたれず、それどころか、コンサートの大舞台に向けて、ますます鬼のように練習を続けているという。

業を煮やしたケビンは、とうとう最終手段に打って出ることにした。

「もっと、直接的なダメージを与えてやる……！」

蛇のような執念深さで、パリのコンセルバトワール留学時代から、ずっと胸に溜め込んできた理不尽で一方的な恨みつらみの数々。

歪んだ復讐を果たすために、ケビンは屈強な男たちと、ビデオの撮影スタッフを郊外の別荘に用意した。

「男たちに散々、輪姦されてる恥ずかしい姿をビデオに撮って、二度と僕に生意気な口が利けないようにしてやるんだ……！」

あとは人目につかない場所で真澄を拉致《らち》し、そのまま車を郊外へ走らせれば、それで憎い真澄は一巻の終わりだ。

「今日こそ、絶対に攫《さら》ってやる……！」

計画実行に逸《はや》る気持ちを抑えきれずに、ケビンは自らも車に乗り込み、真澄を誘拐する機会を窺っていた。

そして、訪れた絶好のチャンス。

真澄の周辺を張り込んで二日目、ついにケビンは、スタジオが入ったビルの地下駐車場に独りでいる真澄の姿を捉えた。

ここからは、誘拐用に大枚払って雇い入れた、脛《すね》に傷を持つ男たちの出番である。

「早く！　アイツを攫ってくるんだ！」

ケビンの命令に、目出し帽を被った二人の男が車から降りた。

もちろん、防犯カメラの位置は計算済みだ。

果たして――。

「な、なんだ、お前たちは…っ!」

スタジオに戻ろうとしていた真澄は、行く手を阻《はば》む目出し帽の男たちに声を上げた。

しかし、男たちは怯んだ様子も見せず、叫ぼうとする真澄の口を塞ぐと、窓にスモークフィルムが張られた黒色のバンに、捕まえた真澄の軀を押し込もうとする。

『いや…! いやだ、助けて…っ!』

暴れる真澄の脳裏に浮かんだのは、六年前の誘拐未遂事件のことだった。

あのときは、学校から出てきたところを、ストーカーのシュルツにいきなり襲われ、車の後部座席に押し込まれそうになった。

真澄が助かったのは、たまたま学校の警備員が駆けつけてくれたからだ。

忘れたつもりでいても、今もまざまざと残る恐怖の記憶。

だが、ここはシュルツのいたヨーロッパから遠く離れたアメリカだ。

このニューヨークで、どうしてまた、こんな目に遭わなくてはならないのだろうか。

『いや…! 放して…! いやぁ…っ!』

真澄は死に物狂いで身を捩った。

その途端、パン、パンと二回、地下駐車場に鳴り響いた破裂音。

『え…っ⁉』

真澄が驚いたのは、その音に対してではなかった。

ただ突然、がっちり軀を押さえ込んでいた男たちの腕の力が抜けた。

そして、いきなり車内に響き渡った、獣じみて高い悲鳴。

「ヒィイイイィ…ッ！」

それが助手席に座るケビン・マイヤーのものだと気づいたとき、真澄にはわけがわからなくなった。

『な、なんで、ここにケビンが…⁉』

けれど、バックシートに起き上がろうとした真澄は、そこで驚愕《きょうがく》の事実にぶち当たった。

真澄を襲った男たちが、頭から血を流して床に倒れている。

「ッ…！」

果たして、あの聞き慣れない二回の破裂音が、実は銃声だったのだと思い当たった瞬間、真澄はさらに信じられない光景を目の当たりにした。

『そ、そんな…バカな…っ！』

ショックのあまり、頭がどうにかなってしまったのではないかという思いが、真澄の脳裏を電流のように激しく駆け巡る。

なぜなら、そこにあったのは、拳銃《けんじゅう》を手にしたシュルツの姿だったからだ。

眩暈《めまい》に襲われる恐怖のデジャ・ヴ。

いや、頭を剃り上げ、眉も剃り落としたその姿は、記憶に残る六年前のものよりずっと異様で、ギョロギョロとカメレオンのように動く眼球が、恐ろしいほど血走っている。

それは、刑務所に閉じ込められていたこの六年の間に、以前にも増して人格の破綻が進んだことを如実に物語るかのような有り様だった。

「い、いやだ…！　寄るな…っ！」

近づいてくるシュルツに、真澄は声を上げてバックシートの上をいざった。

「真澄、どうして俺から逃げるんだ？　あんなに毎日、刑務所から手紙を書いたのに、返事もくれなかった。それどころか、俺に黙ってアメリカへ渡るなんて、酷いじゃないか？」

そう言って、真澄の目の前に伸ばされてきた、シュルツの節くれ立って大きな手。

「だけど、もう逃がさない。お前は俺だけのものだ。今までも、これからも――」

「いやぁあぁ――っ…！」

圧《の》しかかるように近づいてきたシュルツに胸元を摑まれた瞬間、真澄は絶叫した。

なんとか逃れようと、闇雲に両手を振り回し、シュルツの顔や頭を叩き続ける。

だが、すぐに手首を摑まれ、真澄の抵抗は簡単に封じられてしまった。

そして、突如として豹変したシュルツの態度。

「な、なんだ、これは…っ！　『with love』だと…！」

シュルツを激昂させたものは、真澄の華奢な手首に輝く、一本のプラチナのブレスレットに刻まれたメッセージだった。

言うまでもなく、それは真澄の十九歳の誕生日に、翔吾から贈られたものだ。

「やっぱり、やっぱり、お前は…っ！」

力任せにブレスレットを引き千切り、ぶるぶると激しく唇を痙攣させるシュルツ。

「よくも俺を裏切ったな…！　この売女《ばいた》…！　殺してやる…っ！」

「ひっ…！」

その手に銃を持っているシュルツに、真澄は本当に撃ち殺されるかと思った。

「いや…！　翔吾、助けて…っ！」

「翔吾!?　翔吾だと…っ！」

瞬間、この世のものとも思えないほど、恐ろしく歪んだシュルツの醜い顔。

「…っ！」

もう一度、声を上げる間もなく、振り下ろされた平手に側頭部を殴打された真澄は、目の前が真っ暗になった。

実に六年ぶりに果たされることとなった、シュルツによる真澄の誘拐。

真澄が連れ去られた後には、二つの死体と、助手席で怯えきったケビン・マイヤーだけが残されていた。

＊　＊　＊

そして、擦れ違いの到着――。

ビルの中をあちらこちら、真澄を捜し歩いていた翔吾は、やがて、騒ぎを聞いて駆けつけた地下駐車場で愕然とした。

『あ、あれは…!?』

引き千切られたと思われる、見覚えのあるプラチナのブレスレット。

頭を撃ち抜かれて床に転がる二つの死体の間に落ちているそれは、翔吾が真澄の十九歳の誕生日に贈ったものに違いない。

「真澄…!」

現場を保存するために張られたテープを物ともせず、翔吾は突進した。

すかさず、止めに入る制服警官。

しかし、死体の転がる黒いバンの向こう側に、刑事に付き添われたケビン・マイヤーの姿を発見した翔吾は、警官の腕を振り払った。

「ケビン！　どうして、お前がここにいる…！　真澄は…！　真澄はどうしたんだ…！」

刑事の制止も振り切って、翔吾はほとんど絞め殺す勢いで、ケビンの胸倉を摑んでその軀を激しく揺さぶった。

「さ、攫われちゃったよ…っ！」

「なんだとっ!?」

「シュルツ…！　シュルツって、言ってた…！　ソイツがそこの男たちを撃って、真澄を攫っていったんだ…！　僕のせいじゃない…！　僕のせいじゃ…！」

恐慌状態に陥り、悲鳴のように次々と発せられた告白の断片。

だが、その時、翔吾の脳裏を駆け巡っていたのは、《シュルツ》という聞き覚えのある男の名前だった。

『その男は……確か……！』

翔吾の記憶に間違いがなければ、それは十三歳の真澄を誘拐しようとしたという、ストーカー男の名前ではなかっただろうか。

『クソッ…！』

胸倉を摑んでいたケビンの軀を突き放すと、翔吾は刑事に事情を捲し立てた。

「真澄・ビアレッティ、十九歳！　そこに転がってる二人を撃ち殺した、シュルツというストーカー男に誘拐された！　大至急、捜してくれ！　頼む…！」

自分の軀が小刻みに震えているのが、翔吾自身にもわかった。

血が上った頭に、考えたくもない予想がチラつく。

『違う！　大丈夫だ！　殺す気なら、ここで殺してるはずだ…！』

無残に転がる二つの骸《むくろ》を見据えて、翔吾は自らに言い聞かせた。

そうだ、今は悲観的な思いに囚われている場合ではない。

一刻も早く、真澄を捜し出すのだ。

『待ってろ、真澄…！』

しかし、翔吾の思いとは裏腹に、現場の動きは迅速とは言いがたかった。

唯一の目撃者であるケビンは、未だパニック状態で喚き散らすばかりだし、翔吾の説明だけでは、シュルツの逃走先はおろか、その人相も特定できないのだから無理もない。

鑑識を呼び、ビル中の防犯カメラのチェックを命じている刑事に、翔吾は歯噛みした。

『クソ…ッ！』

焦れたところで、何もできない現実。

『捜索用に、せめて真澄の写真だけでも…！』

思い立った翔吾は、スタジオの控え室にいるエリンの携帯に電話した。

と、その時、翔吾の脳裏に浮かんだ一つの考え――。

『そうだ、マイクロチップ…！』

突然の光明に、翔吾の胸は躍った。

思えば、真澄の内股には、誘拐対策用にGPS機能つきのマイクロチップが埋め込まれているのだった。

「エリン……！」

翔吾は真澄がシュルツに誘拐された事実を告げ、真澄の居場所を特定する情報を入手するよう頼んだ。

たぶん、欧州にいる母親に連絡を取るなど、それなりに時間はかかるのだろうが、それでもGPS機能を使って真澄の現在位置を特定できれば、このまま公開捜査を待つより、ずっと早く事件を解決できる。

「エリン、急いでくれ……！」

逸る気持ちを抑えきれず、電話口で捲し立てる翔吾に、しかし、エリンは意外なほど沈着冷静だった。

まるで、この事態を予期していたかのように――。

「真澄を攫った男というのは、シュルツで間違いないんですね？　わかりました。真澄の居場所なら、私のラップトップから特定できます。データを警察に送りますね」

「ああ、でも、その前に、俺の携帯にも送ってくれ！」

居ても立ってもいられない気持ちを持て余していた翔吾は、エリンと電話で話しながら、地下駐車場に停めてあった自分の車に飛び乗った。

エンジンをかけ、データが転送されてくると同時に車をスタートさせる。

『真澄…！』

警察へのフォローは、すべてスタジオに残るエリンに任せて、翔吾は転送されてきたナビゲーションシステムが指し示す場所へ向かって、ひたすらアクセルを踏み込んだのだった。

＊　＊　＊

平手打ちされた頭がガンガンする――。

それでも意識を取り戻した真澄は、自分の居場所に少なからず驚いていた。

誘拐されて連れていかれる先といえば、人里離れた山小屋の地下室のようなところだと思っていた真澄には、意外としか言い様のない場所。

『えっ…!?　だって、ここは…？』

具体的にどこだとまでは特定できないものの、そこはグランドピアノが置かれた、真澄には馴染み深いステージの上だった。

もっとも、その真澄はといえば、舞台の上に仰向けに転がされ、ちょうどバンザイをした格好で、両手をグランドピアノの脚に手錠で繋《つな》がれている。

「な、なんだよ、これ…！」

慌てて、ガチャガチャと音を立てて両手を揺すった真澄は、しかし、すぐにそれが無駄でしかないことを悟った。

「痛っ…!」

翔吾が時々プレイで使うものとは違い、鋼鉄製の手錠は暴れると真澄の手首に食い込み、先程ブレスレットを引き千切られたときにできた傷が酷く痛んだ。

やがて、そんな真澄の様子を、歪んだ悦びに満ちて見下ろしていたシュルツが、「ヒッヒッヒッ」と、高く不気味に響く笑い声を立てた。

「お前が悪いんだ、真澄! あんなに愛してやったのに、この俺を裏切るなんて許せない! 刑務所の中で、ずっと考えていたんだよ、お前との幸せな生活を…! でも、もし、お前が手に入らなかったときには、どうしてやるかもタップリと考えていた! 真澄、お前は俺からすべてを奪った! だから、俺もお前からすべてを奪ってやる…!」

妄執に憑かれた男の戯言《ざれごと》。

だが、狂ってしまった獣に、説得の言葉など通じない。

「シュルツ、シュルツ、やめて…!」

悲鳴を上げた真澄に、シュルツが舌なめずりしながら顔を近づけてくる。

思わず顔を背けようとした真澄の前に、シュルツが一本のナイフを取り出した。

『刺される…っ!』

けれど、そう思った真澄の右手に、シュルツは意外にもそのナイフを握らせた。

そして、彼の口から語り出された、恐ろしい復讐劇の全貌――。

「このグランドピアノの中には、俺が作った手製の時限爆弾が仕かけてある。頭の真上で爆発すれば、爆死するには十分だ。バラバラの醜い肉片になるのが嫌なら、そのナイフで自分の左手首を切り落とせ！　もう二度とピアノは弾けなくなるが、運がよければ死なずに済むぞ？　タイマーは十分後にセットしてある。せいぜい、恐怖に駆られながら悩むがいい！

自分で自分の手首を切り落とすか、グチャグチャの肉塊になるかをな…！」

ステージからホールの客席に木霊《こだま》する、狂ったように壊れた笑い声。

「真澄、お前が苦しみ抜いて死ぬ姿が見られないのが残念だよ…！」

扉の向こうに消えていくシュルツの後ろ姿に、真澄は愕然としていた。

こんなにも理不尽で不条理なことがあるだろうか。

『冗談じゃない…っ！』

真澄は必死に身を捩って起き直り、捩《ね》じれた腕が痛むのも構わず、滅茶苦茶に暴れた。

しかし、手首に食い込んだ手錠が外れるはずもなく、当然のことながら、グランドピアノの脚もビクともしない。

「そんな、そんな…っ！」

襲ってくるパニック状態に、真澄は不自然な体勢から、手にしたナイフで闇雲にピアノの脚を切りつけた。

「嘘だ…！　こんなの、バカげた悪夢だ…！」

無駄だとわかっていても、上げずにはいられない拒絶の叫び。

それでも、時間は無情に過ぎ去っていく。

真澄は決断を迫られていた。

爆弾などないと信じて、このまま助けを待つか、それとも――。

「翔吾…っ！」

真澄は激しく身を震わせた。

いったい、シュルツという壊れた男が言い放った、どの言葉を信じて、どの言葉を疑うべきなのだろうか。

とはいえ、悠長にあれこれ思い惑っている暇など、真澄には残されていない。

もし、本当に爆弾が仕かけられていたら、あと五分もしないうちに、真澄は木っ端微塵に吹き飛んで、二度と翔吾に会えなくなってしまうのだ。

「いやだ、そんなこと…！」

焦りと恐怖に駆られながら、真澄は手にしたナイフの柄を握り締めた。

だが――。

「できない…っ！」

真澄はナイフを床に取り落とした。

手首を切り落とすどころか、指を傷つけただけでも、真澄のピアニスト生命は簡単に絶たれてしまう。

そうなれば、アレンを凌駕して、翔吾の心を独り占めにする夢も潰えてしまうのだ。

果たして、ピアノが弾けなくなった真澄を、翔吾は愛してくれるだろうか。

「翔吾…！」

胸を引き裂かれるような、絶望的な思いが真澄の心を覆った。

仮に、ここで生き延びられたとしても、その後、改めて翔吾を失うなんて、真澄には絶対に堪えられない。

あの蒼黒の眼差しが、ピアニストとしての価値を失った自分に、哀れみをもって注がれるところなど、死んでも見たくないと、真澄は思った。

「いやだ、いやだ、いやだ…！」

それなのに、次の瞬間には、どんなに惨めな姿になろうとも、あと一度だけでも翔吾に会いたいという思いが、真澄の心を激しく掻き乱す。

「翔吾ぉ…っ！」

真澄は床からナイフを拾い上げ、再び、震える手で握り締めた。

そのまま、冷たい刃を左手首に宛がう。

「う、うわぁぁぁぁ…っ！」

――しかし、間一髪のところで、最悪の事態は回避された。

客席最奥の扉が開け放たれ、そこに魔術師が華麗な登場を果たしたのだ。

「―――真澄…っ!!」

無人のホールに響き渡った、緊迫の叫び。

信じられない思いに、真澄はその琥珀色の瞳を大きく見開いた。

「翔吾…っ！」

客席中央の階段を、翔吾が最上階から真っすぐステージに向かって駆け下りてくる。

翔吾はエリンから転送されたナビゲーションシステムに従って、シュルツに攫われた真澄の居所を突き止めたのだ。

そして、驚いたことにそこは、財団が処分を保留したために閉鎖状態が続いていた、あの老朽化したホールだった。

「大丈夫か、真澄…！」

「翔吾…！」

その逞しい腕に抱き起こされた真澄は、鳥肌が立つような歓喜に満たされていた。

だが、感動の再会に浸っている暇はない。

爆弾の話が本当なら、あと数分で翔吾まで吹き飛んでしまうのだ。

「翔吾、僕のことはいいから、早く逃げて…！」

真澄はナイフを投げ捨て、必死に翔吾に訴えた。

「ピアノの中に爆弾が仕かけられてるんだ！　もう爆発しちゃう！　早く、早く逃げて…！」

「なんだって…!?」

決死の形相で叫ぶ真澄に、翔吾が驚いたのは言うまでもない。

ピアノの中に爆弾だなんて、まるで映画のような話だが、わざわざ真澄を攫ったシュルツの姿が見当たらないことが、話に強い信憑性《しんぴょうせい》を与えている。

とはいえ、それなら尚更に、翔吾一人が逃げられるはずもない。

「バカ言え！　お前を置いていけるか！」

「それなら、翔吾、そのナイフで…！　そのナイフで僕の手首を切り落として…！」

「なっ…!?」

驚愕に、翔吾はその蒼黒の瞳を見開いた。

翔吾がここに駆け込んできたとき、鬼気迫る表情でナイフを握り締めていた真澄は、恐ろしいことに、自らの左手首を切り落とそうとしていたのだ。

『なんてことを…！　ピアニストの手だぞ…っ！』

一気に燃え上がる、まだ見ぬシュルツという男に対する激しい憎悪。

昂ぶる怒りのままに、翔吾は床からナイフを拾い上げた。

けれど、それはもちろん、真澄の手首を切り落とすためではない。

手錠で繋がれた真澄の軀を床の上に放置して、握り締めたナイフの切っ先を、ピアノの蓋の隙間に突き立てる翔吾。

「しょ、翔吾、何を…!?」

驚く真澄に、翔吾が力強く言い放った。

「俺を誰だと思っている！　最高の調律師で、お前の男だろうが…！」

「翔吾…！」

そう、ピアニストとしても、恋人としても、翔吾は真澄を欠片ほども損なうわけにはいかない。

そして、鍵さえ抉じ開けてしまえば、どんなピアノも魔術師の思いのままだ。

翔吾は鍵盤とアクション部分を棚板から一気に引き出すと、奥に仕かけられていた爆弾を摑み出した。

だが、残り時間を示すカウンターは、すでに秒読み状態。

「くっ…！」

覚悟を決めた翔吾は、手にした爆弾を客席目がけて、思い切り遠くまで放り投げた。

後は俊敏な動きで、ピアノの脚に繋がれた真澄の上に覆い被さり、ともにグランドピアノの下へ潜り込む。

大きな爆発音が轟き渡ったのは、その一瞬、後のことだった。

耳をつんざく爆音と、躯を圧する強い衝撃。

けれど、激しく降り注ぐ破片と、朦々《もうもう》と立ち籠める粉塵の中、翔吾に護られた真澄は、傷一つ負うことはなかった。

一方、真澄に代わって爆風に身を曝した翔吾は、躯中が擦り傷だらけで、その額には、わずかながらも血が伝っている。

「無事か、真澄！」

「翔吾…っ！」

自分の上に身を起こした翔吾に、真澄は涙が溢れた。

繋がれた手錠のせいで、その首に抱きつけないのがもどかしい。

「翔吾、翔吾、翔吾…！」

「ああ、もう大丈夫だ！　心配ないよ！」

言い聞かせても、尚も暴れて身を捩ろうとする真澄に、翔吾は口づけた。

「ん、んっ…！」

塞がれた唇の熱に、徐々におとなしくなっていく愛しいピアニストの躯。

『真澄…！』

護り切ることができた恋人の温《ぬく》もりに、翔吾は心の底から安堵した。

深く口づけを交わし合う魔術師とピアニストのもとに、警官とレスキュー隊が到着したのは、それからすぐのことだった。

＊　＊　＊

幸いの軽傷――。

しかし、病院で手当を受けた翔吾は、エリンを前にひどく不機嫌だった。

なぜなら、シュルツの危険性について知らされていなかったのは、当事者である真澄と、そのすぐ傍らにいた翔吾だけだったからである。

そもそも、恐ろしく過保護だった真澄の母親が、比較的簡単に一人息子をニューヨークに送り出したのも、シュルツの出所が間近となり、そのまま真澄をヨーロッパに置いておくことに強い不安を覚えたからだという。

真澄本人には知らせていなかったものの、シュルツは服役中も謝罪と愛を告げる手紙を、毎日のように真澄宛に送り続けていたというから無理もない。

そんなわけで、契約を交わした時点で、マネージャーのエリンには、万が一の事態を考えて、真澄の居場所を特定できるナビゲーションシステムが託されていたのだった。

「そういう事は、先に教えておいてくれよな……！」

危機管理能力はおろか、生活力にも難のある真澄に、あえて危険を告げることをしなかったというのには頷けるものの、自分には事前の情報が欲しかったと、翔吾は思わずにはいられなかった。

そうすれば、少なくとも真澄を独りにするようなことはしなかったはずである。

もっとも、翔吾にそうした態度をとらせないということが、エリンにとっては重要なファクターだったらしい。

「真澄を特別扱いせず、ビシバシ鍛えてくれる大人の男が必要だったんです」

「ビシバシって、そんな……」

翔吾は決まり悪く口を噤《つぐ》んだ。

確かに、わがまま王子には、きつく灸《きゅう》を据えてくれる者が必要だったかもしれないが、結局のところ、翔吾は真澄と軀の関係ができて今日に至るのだから、なんともコメントのしようがない。

もっとも、翔吾と真澄の関係については、エリンにも予想外の計算違いだったらしい。

「だって事前のリサーチでは、高瀬翔吾の趣味は、もっと大人で割り切りのよい相手だというこ とでしたから」

笑みを浮かべて肩を竦めてみせるエリンに、「ああ、確かにそうだったよ！」と、翔吾は降参の白旗を掲げるしかなかった。

とはいえ、今回の突然のシュルツの出現は、事前の情報を持っていたエリンにとっても、大変な誤算とも呼べる出来事だった。

それというのも、出所後のシュルツには、欧州側で監視がついていたにもかかわらず、シュルツは不敵にもその裏をかいて、コンテナ船でアメリカに密入国したのだ。

つまり、翔吾の決死の活躍がなければ、真澄の救出は不可能だったに違いない。

「まぁ、とにかく、真澄が無事でよかった…」

「ええ、本当に…」

改めて、しみじみと安堵を嚙み締めずにはいられない大人二人。

そこへ、念のために殴られた頭のCTスキャンを撮っていた真澄が姿を現した。

もちろん、結果には問題なし。

その左手首には、痛々しく包帯が巻かれているものの、それもブレスレットを引き千切られたときにできた擦り傷で、大事に至るようなものではない。

「ねぇ、もう病院はいやだよ。早く帰りたい」

そう言って、脇にするりと擦り寄ってきた真澄に、翔吾は苦笑を漏らした。

優に十年は寿命が縮む思いをしたばかりだというのに、相変わらずのお子様ぶりである。

だが、怯えきった真澄の泣き顔など、ベッド以外では見たくもない。

一通り、警察による事情聴取も終わっていた翔吾は、真澄の肩を抱いた。

「ああ、早く帰って休もう」

あとのことはすべてエリンに任せ、二人は連れ立って病院を後にした。

逃走中のシュルツが捕まり、仮釈放なしの終身刑が言い渡されるのは、それから三ヵ月後のことになる。

ちなみに、よからぬ計画を企んでいたケビン・マイヤーにも、当局による厳しい取り調べが行われた末、逮捕の運びとなったのは言うまでもない。


そして、長い一日の果てに帰りついたマンションの一室――。

玄関の扉が閉まった途端、翔吾は真澄の細い軀をその腕の中に抱き竦めた。

「真澄…」

散々な邪魔が入ったが、真澄を捜していた翔吾の目的は、そもそも、スタジオを飛び出した真澄から、その不安を取り除いてやることだった。

アレンとの関係は、すでに過ぎ去った日々の出来事で、今の翔吾が誰よりも大切に想っているのは、真澄だけなのだ。

とはいえ、あれだけ派手にドラマティックな救出劇を演じた後では、改めて説明など無用の長物なのかもしれない。

死をも顧みず、真澄を護りとおすことに、なんの躊躇いも感じなかったあの時。

《――俺を誰だと思っている！　最高の調律師で、お前の男だろうが…！》

あの瞬間、迸るようにそう叫んだ想いが、真澄に対する翔吾のすべてだ。

その昔、アレンと一緒に巻き込まれた車の衝突事故で、左腕を潰されてしまったのは、誰の意思が働いたのでもない、本当に不幸な偶然だった。

けれど、今回、真澄を護ると決めたのは、紛れもなく翔吾の意思だ。

その結果、たとえ、どれほどの大怪我を負ったとしても、翔吾は後悔しなかっただろう。

そう、こうして再び、愛しいサーバルキャットを腕に抱けるのなら――。

「翔吾…」

少し不安げに響く真澄の声に応えて、翔吾はそっとその耳元に囁きかけた。

これまで、思ってはいても、一度として口に出して言ったことのないセリフ。

「愛してるよ、真澄、お前だけだ」

「…っ！」

瞬間、翔吾を見上げて、これ以上ないくらい大きく見開かれた琥珀色の瞳。

愛しさが込み上げてきて、翔吾はその唇に口づけた。

「真澄…」

「んっ、んぁ…ん…っ」

次第に熱を帯び、舌と舌とが甘く激しく絡まり合う。

濡れた音を立てて唇を放すと、翔吾は真澄の軀を腕に抱き上げた。

そのまま寝室へ直行し、二人、重なり合うようにベッドに倒れ込む。

「あ、ん…」

甘く吐息を漏らす真澄の顎先から首筋へと唇を滑らせ、はだけたシャツの狭間から、その大きな手を滑り込ませる。

痩せた脇腹から胸へと、掌《てのひら》全体を使ってゆっくりとマッサージするように撫で上げていきながら、翔吾は真澄の鎖骨の窪みへと舌を這わせた。

「や、ぁん…」

微かに喘ぐ薄い胸。

淡い色をした小さな胸飾りが、翔吾の舌を誘っている。

「可愛いベビーパールだ」

囁いて、翔吾は幼い突起に口づけ、濡れた舌先でタップリと押し潰して転がした。

たちまちプックリと芯を持って勃ち上がり、紅珊瑚《さんご》の色へと変貌していく淫らな突起。

「あん…あ、ぁん…っ」

「もう、こんなに尖らせて、悪い子だ」

「い、ぁっ……！」

充血して敏感になったそこに歯を立てられて、真澄は小さく身悶えた。

ジンと痺れる痛みに、下腹部で呼応する花芯。

真澄の変化を見逃さず、翔吾はそのファスナーに手をかけた。

「あっ…やぁ…っ！」

滑り込ませた指に反応して、声が上がる。

「もう濡れてるぞ？」

からかいの言葉をその耳元に囁きながら、翔吾は真澄の花芯に這わせた指を蠢かした。

「ほら、先っぽがすっかりヌルヌルだ」

「あっ、あっ…い、やぁ…っ！」

恥ずかしく濡れて勃ち上がった花芯を、下着の中から外へ引き出される。

大きな手に握り込まれ、浅ましく蜜を溢れさせている先端の割れ目を、親指の腹で何度も擦り上げられて、真澄は狂おしく乱れた。

「いや、いや…ダメ…ぇ…っ！」

チュクチュクと恥ずかしい音を立てて、上下に繰り返される手の動き。

腰を震わせる真澄から、翔吾は下着ごとズボンを脱がせた。

それから、腰の下に枕《まくら》を押し込み、自らの膝を抱える格好で、下肢を折り畳ませる。

「開け」

「ん…やぁ…っ」

羞恥に駆られる命令に、首を振って嫌がりながらも、結局は従って、自ら恥ずかしく膝を左右に開く浅ましさ。

翔吾の蒼黒の瞳の前に、濡れて勃ち上がった花芯から、双丘の狭間に息づく蕾までも、余すところなく曝しているかと思うと、真澄は羞恥で気が遠くなりそうだった。

しかも、この淫猥なポーズは、手錠や革ベルトなどで強いられているのではなく、真澄自らの手で両膝を摑んで保っているのだ。

「いい子だ、真澄」

「うっ…やぁ…っ」

「すぐに後ろも可愛がってやる」

煽るような予告に、真澄の意思とは関係なく、期待に打ち震えてしまう双丘の蕾。

翔吾は笑みを浮かべて、ローションのボトルを手に取った。

「っ、あ…ふぅ…っ」

塗り込められる、冷たく濡れた感触に声が上がる。

けれど、人肌に蕩けたそれは、すぐに淫らな快感を真澄に与え始める。

「あぁっ…う、ん…っ！」

ヌルリと侵入してくる長い指。

チュプリ、チュプリと濡れた音を立てて抽挿が始まると、真澄はむず痒いような心地よさに、摑んでいた自らの膝に爪を立てた。

そんな真澄の左手首に這わされた翔吾の唇。

翔吾は白い包帯の上から、愛おしむように何度も口づけを繰り返した。

やがて、口づけは手首から膝の内側へと滑り落ち、太腿を伝って脚のつけ根へ――。

濡れた花芯を唇に含まれて、真澄は大きく声を上げた。

「ひ、あっ、ぁあぁん…っ！」

ねっとりと絡みつく熱い舌。

裏側を先端に向かって舐め上げられ、花びらのような包皮から顔を出した括《くび》れを舌先でくすぐられる。

「んっ、んっ、んぁ、あ…っ！」

後孔を指の抽き挿しで攻められながら、尖った舌先で鈴口の割れ目をグリグリと抉じ開けられると、もう真澄にはどうしてよいのかわからなかった。

「あっ、あっ…も、ぉ…っ！」

先端を一際強く吸われて、真澄は腰を跳ね上げた。

「ひっ、ぁあっ…あっ…！」

白い喉を仰け反らせ、翔吾の舌に受けとめられた劣情。

それでも、後孔を弄られ続ける悦楽に、真澄の花芯は一向に萎えようとしない。

「ぁあ、ん…っ…翔吾ぉ…っ」

指よりも、もっと熱くて太いものが奥まで欲しくて、真澄はその琥珀色の瞳を潤ませた。

「なんだ、もう我慢できないのか？」

「んっ、ん…っ」

「仕方のないわがまま坊やだ」

からかうような囁きとともに、真澄の鼓膜を淫靡に犯すファスナーの音。

すぐに両膝を大きく抱え上げられ、股関節が外れそうに開かされた中心に、熱く昂ぶった切っ先を宛がわれる。

「は、ぁん…っ！」

蕩けた後孔の縁を捲り上げて、クプリと挿入された先端に、真澄は腰を震わせた。

「あっ、あっ…入って、く…る…っ！」

ゆっくりと内襞を押し開き、奥へと侵入してくる逞しい肉の剣。

犯されていく感覚が、恥ずかしいほどリアルに真澄の内部に伝わってくる。

「あっ、あっ、あっ…！」

「そんなに悦いのか？　凄い締めつけだ」

「ひ、ぁあんっ…！」

根元までいっぱいに呑み込まされたものが、真澄の奥で熱く脈打っている。

それなのに、翔吾はその締めつけ具合を悦しむように、なかなか動き出してくれない。

真澄は焦れて首を振った。

「あっ、あっ…突いて、よぉ…っ」

ねだる真澄に、翔吾が笑みを漏らした。

「淫乱で可愛い猫だ」

「ひ、ぅうっ…！」

耳朶を嬲る、甘く淫らな囁き。

そして、唐突に攻めが開始された。

「——っ…！」

目も眩むような強い押し引き。

抜け落ちるギリギリのところまで抽き出されたものが、次の瞬間には、その根元まで打ち込まれる。

「あ、ぅうっ…あっ、あっ…！」

締めつける内襞の抵抗を無視して、繰り返される酷いほどの抽挿。

掻き乱された奥が、歓喜の悲鳴を上げている。

「あっ、あっ、あぁ、んっ…！」

真澄は翔吾の逞しい背中にしがみついて、壊されてしまいそうな悦楽の攻めに溺れた。

鋭く突き上げられる度に、真澄の花芯は水揚げされた小魚のように跳ね、白い腹の上に悦びの蜜を迸らせる。

「あっ、ひっ…いいッ…感、じる…っ！」

忘我の極みに、切れ切れに紡ぎ出される淫らな言葉。

「あっ、あっ…そこに、出して…っ！　いっぱい…奥に、欲しい…の…っ！」

「真澄…っ！」

「あっ、あっ、翔吾ぉ…っ！」

瞬間、望んだ場所を、続け様に発射された熱い迸りの弾丸に撃ち抜かれて、真澄は仰け反った背筋で大きく弧を描いて痙攣した。

「あっ、あっ、あっ…！」

白い腹の上で跳ねて、ビュクッ、ビュクッと蜜を吐き出す花芯。

それでも、まだ内襞の奥で硬度を失っていない肉の剣が、再び熱く拍動し始めるのを感じて、真澄は翔吾の腰に脚を絡めた。

「あっ、あっ…好き、好き…翔吾ぉ…っ！」

再開された律動に合わせて、奏でられる告白のメロディー。

「真澄……！」

「あ、ぁあんっ……！」

愛し合う欲望の協奏が、果てしない輪舞曲《ロンド》となって響き合っていた。

＊　＊　＊

そして、開催されたチャリティー・コンサート――。

真澄とアレンによる《クロイツェル》は、観衆の驚くべき熱狂を集めた。

目まぐるしく繰り返される転調。

聴く者に強く訴えかける半音の不協和。

次々と繰り出されては、不安や焦燥感を煽り、渇望感を高めていく半音動機。

まず、ピアノが主旋律を奏で、すぐにバイオリンが同じ旋律を追いかける。

対話していたかと思うとぶつかり合い、追いかけ合って、捕らえたかと思うとすぐに先に行ってしまう。

互いが一歩も譲らず闘ぎ合い、戦いを挑んで展開していく緊迫の二重奏が、聴衆の心を鷲摑みにして揺り動かしていく。

だが、ピアノとバイオリンが、互いにどれほど激しく転調を繰り返し、不協和音を奏でても、真澄とアレンの間で音楽としての纏まりが崩れることはない。

挑戦的に響くアレンの音色を、真澄が刻む左手の持続音が命綱となって繋ぎとめるからだ。

個性際立つクロイツェル・ソナタの世界を、心の赴くまま、迸る激情で奏で合う二人。

これ以上の演奏は、望むべくもなかった。

ホールを揺るがして鳴り続ける聴衆の拍手喝采に、真澄はアレンと二人、対等に並んで応えている。

そして、そんな真澄の様子を、我慢しきれず舞台袖まで見にきた翔吾。

その姿に気がついた真澄が、琥珀色の瞳を輝かせて舞台袖に駆けてくる。

「翔吾…っ！」

興奮に、美しく薔薇色に上気した頬。

躊躇いもせず、腕の中に真っすぐ飛び込んできた真澄に、翔吾は満足げな笑みを浮かべた。

最高の魔術師から愛されるに足る、最高のピアニスト。

これからも、真澄はきっと翔吾の心を魅了し続けるだろう。


ピアノは生きている。

ホロヴィッツ、リヒテル、ミケランジェリ――どれほどの巨匠であっても、その望みどおりの音色を生み出す調律師の魔術なくして、人々の心を揺り動かす演奏は成し得ない。

ピアニストと調律師、強い信頼の絆が結ぶ二人だけにしかわからない音の世界が、そこには確かに存在しているのだから——。

ピアニストは妄想する

CHARADE BUNKO

その夜、真澄《ますみ》は大いに膨れていた。

なぜなら、明日から二泊三日の予定でロスに出張する翔吾《しょうご》が、同道したがる真澄の要求を、にべもなく却下したからだ。

「なんでダメなんだよ!」

真澄は出張準備をする翔吾の背中に不満を投げつけた。

けれど、着替えを鞄《かばん》に入れる翔吾は、真澄の方を振り返りもせず素っ気ない。

「なんでって、俺は仕事をしに行くんだぞ? スケジュールもタイトだし、一緒に来たって、どうせどこへも連れていってやれない。二日間もホテルの部屋に放ったらかしにしたら、お前は怒り狂って咆《ほ》えまくるだろうが」

「そ、それは…!」

的を射た翔吾の指摘に、思わず言葉に詰まった真澄だったが、あっさりその言い分を認めてしまうのも癪《しゃく》に障る。

だいたい、いくら正論だからといっても、恋人のおねだりを断るからには、もう少し言い方に気を遣ってもらいたいものである。

せめて、「二日間もお前を放ったらかしになんてできないよ」とか、「お前にそんな寂しい思いはさせられないだろう?」とか、物にはいくらでも言い様があるはずなのだ。

それなのに翔吾ときたら、相変わらず、ちっとも真澄をちやほやしてくれない。

これでは西海岸まで翔吾と二人きり、ちょっとした旅行気分を夢見ていた真澄がバカみたいではないか。

『翔吾の冷血仕事人間…！』

たとえば、波の音が聞こえるロマンチックな海辺のテラスであるとか、夕陽《ゆうひ》に映えるパームツリーの黒いシルエットなんてものを夢想していた分、真澄は理路整然とした翔吾の物言いが腹立たしかった。

『少しは恋人らしく、僕を甘やかせ…！』

思い切り唇を尖《とが》らせた真澄は、悔し紛れに声を荒らげた。

「僕は放ったらかしなんて気にしない！　僕だって、自分の面倒くらい自分で見られるんだ！　翔吾が仕事をしている間、僕は僕で遊びに行くつもりだったんだからね！」

だが、そんな負け惜しみの口から出任せなど、言葉にするのではなかった。

背を向けたまま荷造りをしていた翔吾が、聞き咎《とが》めて手をとめたからだ。

「誰《だれ》が誰の面倒を見られるって?」

「うっ…！」

鞄から顔を上げ、振り返った翔吾の目が怖い。

思わず口籠もった真澄に、翔吾がさらに畳みかけてくる。

「それに、僕は僕で遊びに行くつもりって、それはまた、いったいどこへだ？」

「え、えっと……そ、それは……か、観光…とか……？」

「お前が独りで観光ねぇ？」

「な、なんだよ…！　や、やる気になれば、僕だって…！」

「ふぅ〜ん？」

ジリジリと後退《あとずさ》る真澄は、何やら悦《たの》しげな笑みを浮かべる翔吾に、とうとう壁際まで追い詰められてしまった。

「そんなに俺と一緒にいたいか？」

「ち、違う…！　そんなんじゃ…！」

「寂しくて、二日も独り寝できないって、素直に言えよ？」

「なっ…！」

からかいを含んだ笑みとともに、耳たぶを甘嚙《あまが》みするように恥ずかしいセリフが囁《ささや》かれて、真澄はカッと頰《ほお》を赤らめた。

そんなつもりではなかったというのに、どうやら真澄は、今夜もまた翔吾の危ないスイッチを押してしまったらしい。

「俺がいない間も寂しくならないように、タップリ三日分可愛《かわい》がってやる」

「ちょ、ちょっと待ってよ、翔吾…!?」

今更、焦りの声を上げたところで後の祭り。

すっかりその気になった翔吾の腕に抱え上げられた真澄は、為す術《すべ》もなくベッドへ連れていかれてしまったのだった。


「いやだ、翔吾……こんなの、いやぁ……」

ベッドに転がされた真澄は、唯一自由になる唇で必死に訴えた。

ツンと胸を突き出す格好で、真澄を後ろ手に拘束する黒のラバーバンド。

一旦、ベッドの上で素っ裸に剝《む》かれた真澄は、翔吾の手によって、奇妙なコスチュームを着せられようとしていた。

小さな尻《しり》にピッタリと吸いつく、所謂《いわゆる》マイクロミニ丈のホットパンツの素材は、たぶん、革ではなくシリコンラバーの類《たぐい》に違いない。

ここで、着せられている当事者の真澄が、それでも「たぶん」と思うのは、やはりピッタリと張りつくシリコンラバーと思《おぼ》しき目隠しで、すっかり視界を遮られているからだ。

もっとも、恐ろしく恥ずかしい有り様にされた自分自身の姿が見えないのは、ある意味、真澄にとっては幸いな事だったかもしれない。

何しろ、穿《は》かされたピチピチのホットパンツの尻には、挿入用の切り込みが入っている上に、フロント部分からは根元にラバーリングを嵌《は》められた花芯《かしん》が露出しているという、実にあられもない格好なのだ。

とはいえ、見えていないという状況は、残された聴覚や触覚をより鋭敏にして、否応なく真澄の想像力を掻《か》き立ててしまうものらしい。

『ああ、どうしよう…！』

躯《からだ》を引き起こされ、ベッドの上に膝《ひざ》立ちする体勢を取らされた真澄は、羞恥《しゅうち》に震えながら唇を噛み締めた。

舐《な》めるように纏《まと》わりつく翔吾の視線を、躯中に感じる。

恥ずかしくて堪《たま》らないのに、翔吾の蒼黒の眼差《まなざ》しに曝《さら》されている、淫猥《いんわい》この上ない自らの姿を想像せずにはいられない。

そして、浅ましい真澄の考えは、隠しようもなく花芯に変化をもたらしてしまう。

「あ、ぁん…いや…っ」

嫌がる言葉とは裏腹に、きつくなっていくラバーリングの締めつけ。

「ずいぶんと、このオモチャが気に入ったみたいだな？　まだ触ってもいないのに、今にもはち切れそうだぞ、お前のココ」

「や、ぁあん…っ！」

背後から回した手で、からかうように張り詰めた花芯に触れられた真澄は、白い喉《のど》を仰《の》け反《ぞ》らせて喘《あえ》いだ。

「こんなに濡《ぬ》らして、いやらしい子だ」

「んっ、んっ……！」

耳朶《じだ》を嬲《なぶ》る翔吾の囁きだけで、ジュンと濡れて溢《あふ》れ出してしまう蜜《みつ》をとめられない。

だが、どんなに悩ましく蜜を滴らせたところで、根元をラバーリングで縛められた花芯には、勢いよくしぶく自由は与えられていなかった。

「やだ、これ…取って……！」

「なんだ、もう少し悦しめよ？　シリコンラバーの締めつけが堪らないんだろ？」

「は、ぁん…っ！」

切なげに背筋を撓《しな》わせて、真澄は背後にいる翔吾の胸に身を預けた。

そんな真澄のウエストに回された翔吾の大きな手が、痩《や》せた脇腹《わきばら》をゆっくりと撫《な》で上げ、突き出した胸へと這《は》い上っていく。

何度か指の腹で捏《こ》ねるように押し潰《つぶ》された後、プックリと立ち上がった両の胸飾りをきつく摘《つま》み上げられて、真澄は小さく悲鳴を上げた。

「痛っ…！」

仰け反る肩口から首筋、柔らかな耳朶にまで這わされていく熱い舌先。

交互に与えられる疼痛《とうつう》と快感が、ますます花芯の根元にラバーリングを喰《く》い込ませていくようだった。

「あっ、あっ…もう…っ…！」

視界が奪われているせいなのか、いつもよりずっと強く感じてしまう。

危うい熱に浮かされて、淫らに揺れ出す華奢《きやしや》な腰。

縛められた花芯の解放も然《さ》る事ながら、消せない埋《うず》み火《び》にも似て、どうしようもなく疼《うず》く躯の奥深くを、真澄はどうにかして欲しかった。

「あっ、あっ……翔吾ぉ…っ…！」

真澄は喘ぎながらねだった。

飢えた内襞《うちひだ》の奥が、妖《あや》しく蠢《うごめ》いているのがわかる。

今すぐ蕾《つぼみ》を引き裂いて、壊れるほど乱暴に突き上げて欲しい。

それなのに、この頃の翔吾は、真澄がはしたなく直接的な言葉を口にするまで、なかなかその願いを叶《かな》えてくれようとしないのだ。

もっとも、欲情に屈して自ら羞恥に塗《まみ》れることで、被虐的な真澄の官能が倍増する倒錯の事実は、すでに否定のしようもない。

「――――ぼ、僕を犯して……思い切り…酷《ひど》く、して…！」

「いい子だ、真澄」

屈辱に震えながら哀願した真澄に、翔吾は苛虐《かぎやく》を帯びた笑みを浮かべた。

その望みどおり、押し倒して串刺しにするのは簡単なことだが、翔吾としては、もう少しこの状況を悦しみたい。

躯の向きを変えさせた真澄の髪を摑《つか》んで引き寄せると、翔吾は唇と舌による奉仕を命じた。

「上手にできたら、奥まで突いてタップリ掻き乱してやる」

意地悪な翔吾が出した交換条件に、真澄は身を固くした。

これが初めての要求ではないけれど、正直、真澄はその行為が苦手だった。

舌使いはともかくとして、口中深く呑み込んで満足させるには、翔吾のそれは大きすぎるのだ。

そもそも、奉仕してもらうのが当たり前だった真澄にとって、自ら奉仕するなんて、翔吾と出会う以前には想像すらできなかったことだ。

だが、今は――。

緊張に、真澄は小さく唾《つば》を飲み込んだ。

目隠しのせいで、翔吾がファスナーを下ろす音が、殊更に艶《なま》めかしく響く。

「歯を立てるなよ?」

命じられるままに、真澄は懸命に舌を這わせた。

「ん、ぁんっ…」

突き出た先端部分に口づけて軽く唇に含み、ミルクを飲む仔猫《こねこ》のようにピチャピチャと音を立てて舌を使う。

見えていない分、音も舌触りも生々しくて、そのあまりの淫猥さに、真澄ははしたなく欲望を疼かせた。

『もっ…ダメ…っ！』

翔吾を満足させるには、まだ程遠い段階だとわかっていたけれど、もう真澄の方が我慢の限界だった。

喰い込むラバーリングに根元を縛められている真澄の花芯は熟れたように赤く充血して、まるで泣き濡れたみたいに自ら滴らせた蜜でびしょ濡れだ。

「翔吾ぉ…っ」

真澄は再び哀願した。

焦《じ》れるあまりなのか、真澄の声は鼻にかかった涙声になっている。

「なんだ、もう降参か？」

翔吾は苦笑した。

どうやら徹底的に奉仕を強いて唇を犯し、最後にはその綺麗《きれい》な顔に欲望の奔流をぶちまけるなんて状況は、当分の間、真澄には無理な相談らしい。

『まぁ、仕方がないか？』

もう少し淫らに仕込んでやりたい気持ちは山々だったけれど、調教と無理強いの違いは、翔吾もちゃんと弁《わきま》えている。

満足できなかった分は、別の方法で取り返せばよいだけの話だ。

取り出したローションのボトルを手に、翔吾はシーツに這わせた真澄の腰を抱え上げた。

「それじゃ、頑張ったいい子にご褒美だ」

シリコンラバー製のホットパンツは穿かせたまま、後ろの切り込みにタップリと上からローションを滴り落とす。

「ひっ、ぁあんっ…!?」

まさか、そんなところに穴が開いているなんて思いもしなかった真澄は、驚きに尻を震わせて声を上げた。

「やっ！　な、何っ…!?」

しかし、それには答えてやらずに、翔吾はすでに十分な硬度をもった肉の剣で、一気に真澄の蕾を刺し貫いた。

「――――あ…あぁあ…っ！」

飢えて焦れ切っていた場所を、引き裂かれんばかりにいっぱいに満たされる衝撃。

「真澄…っ！」

「あっ、あっ…い、やぁ…っ！」

際限もなく残酷に繰り返される抽挿に、真澄は一晩中、悦《よろこ》びの声を上げ続けたのだった。

そして、翌朝――。


真澄は寝乱れたシーツの合間から、身支度を整える翔吾を恨めしげに睨《ね》めつけていた。

昨夜《ゆうべ》は当初の宣言どおり、タップリ三日分可愛がられてしまった真澄は、身動きするのも辛《つら》いというのに、真澄を貪《むさぼ》り尽くした男は憎らしいほどすっきり爽《さわ》やかな美丈夫ぶりだ。

今更どうにもならない事だけれど、結局、翔吾は真澄をおいて出張に行ってしまうのだ。

『冗談じゃないよ、もう…!』

憤懣《ふんまん》やる方ない真澄は、一矢報いてやるつもりで憎まれ口を叩《たた》いた。

「浮気してやる!」

「なんだって?」

「僕をおいていった事を、必ず後悔させてやるんだからな!」

けれど、そんな真澄の脅し文句など、翔吾に通用するはずもない。

「この尻で浮気するのは、当分の間、無理だと思うけど?」

そう言って、翔吾はベッドに埋もれる真澄の尻を、シーツの上からパチンと叩いた。

その途端、酷使を強いられた真澄の尻が悲鳴を上げたのは言うまでもない。

それなのに、琥珀《こはく》色の瞳《ひとみ》に涙を浮かべた真澄に、翔吾は恐ろしいセリフを囁きかけてきた。

「ああ、でも、そういう悪い事を考える子には、お仕置きが必要かもな？」

「お、お仕置きって、そんな…!?」

「悪い子へのおみやげは、ディルドォつきの貞操帯で決まりだ」

「は、はいぃ…!?」

冗談めかした、どこまで本気だかわからないセリフを残して、翔吾は出かけていったのだった。


翌々日の天気は晴れ――――。

昨日は一日ベッドから出る気にもなれなかった真澄も、今日は機嫌よく起き出して、マンションからツーブロック先にある行きつけのカフェで、少し遅めの朝食をとることにした。

以前は何もできなかった真澄も、この頃は翔吾の影響もあって、知っている店でなら、こうして独りで食事だってできるのだ。

『それなのに、翔吾ってば、僕をバカにして…！』

けれど、真澄の脳裏に蘇《よみがえ》ってきた翔吾への怒りは、あっという間に吹き飛んだ。

足を踏み入れたカフェのフロアに、アレン・シモンズの姿を発見したからだ。

「アレン…？」

「やぁ、久しぶりだね。あれ？　今日は独りなの？」

「う、うん…翔吾はロスに出張だから」

「そうなんだ？　それじゃ、お一人様同士、一緒に食事しようよ」

「え？　あ、うん…」

　促されるままに、真澄はアレンの向かいの席に腰を下ろした。

　今となっては、もうわだかまりも解消したとはいえ、こうしてアレンと二人向き合って、他愛もない世間話を挟みつつ、シーザーサラダのプレートをつついているなんて、なんだか真澄には奇妙な感じがした。

　それにしても、金髪碧眼《へきがん》を持つ麗しのバイオリニストは、いつ見ても完璧《かんぺき》な王子様ビジュアルである。

　ルックスには自信のある真澄も、アレンの醸し出すノーブルな雰囲気と美貌《びぼう》には、やはり目を奪われてしまう。

　真澄にはない大人の余裕と落ち着きが、尚更にアレンの美しさを際立たせ、その魅力に磨きをかけているに違いない。

『僕だって、あと十年経《た》てば……』

　しかし、思いかけて、真澄はハッとした。

本当に今更な話だけれど、目の前に座るアレン・シモンズは、十年前には今の真澄と同じく翔吾の恋人だった男だ。

『そうだよ、だってアレンは――』

だが、そう思い当たった途端、真澄の脳裏には、あらぬビジョンが浮かんでしまった。

『なっ…！』

激しい動揺に、思わず取り落とされたフォーク。

「真澄？」

アレンが怪訝《けげん》そうな表情を浮かべていたけれど、真澄にはその場を取り繕う余裕がなかった。

何しろ、真澄の脳裏を鮮やかに埋め尽くしたビジョンというのは、ズバリ、ベッドにいる翔吾とアレンの姿だったからだ。

『や、やだ…！　僕は何を想像してるんだ、いったい…！』

しかし、一度浮かんでしまった考えは、取り消そうとすればするほど、どんどん真澄の内で膨らんでいくばかりだ。

そう、たとえば一昨日《おととい》の夜のようなプレイを、翔吾はアレンともしたのだろうか――。

『手錠は？　首輪は？　バイブレータつきのシッポは…!?』

果ては猫耳をつけたアレンが、妄想の中で「ニャー」と鳴き声を上げて、真澄は絶叫しそうになってしまった。

『うわぁ～！　うわぁ～！　うわぁ～！』

次から次へと抑えようもなく溢れ出してくる、あられもない妄想の数々。

それにしても、気品溢れる金髪の王子が、酷く責められ辱められている様は、なんと淫《みだ》らでそそられる気色だろうか。

真澄は思わず、音を立てて唾《つば》を飲み込んだ。

一方、そんな真澄の様子を、アレンはいよいよ不審そうに見つめている。

「本当に、どうかしたの？」

再度尋ねられて、真澄は慌てて席を蹴《け》って立ち上がった。

「な、なんでもない…っ！　ちょ、ちょっと用事が…！」

明らかに不自然な言い訳を口にしつつ、真澄はアレンの前から逃げ出した。

けれど、どこまで逃げたところで、自分の頭の中にある妄想までは追い払えない。

『ああ、もう最悪だ…！』

真澄は頭を抱えた。

『翔吾って、いつ頃から……ああいう調教プレイみたいなのが……趣味、なのかな…？』

そもそも毎度使われる道具の数々は、かなり特殊なものばかりで、その辺のショッピングモールで売られているものとも思えない。

中には、真澄用に誂《あつら》えたのではないかと疑いたくなるような代物まであるのだ。

そんな危ないグッズの数々を、果たして翔吾はどこで手に入れているのだろうか。

『あの翔吾が、アダルトショップ…？　ううん、ネット通販とか、かな…？』

果てしもなく広がっていく危うい妄想世界。

マンションに辿《たど》り着くまでの、たったツーブロックの道程が、妄想に取り憑《つ》かれた真澄には恐ろしく長いものに感じられて仕方がなかった。

とはいえ、おかしな想像にばかり耽《ふけ》っているわけにもいかない。

『そうだ！　ピアノを弾いて忘れちゃえばいいんだ！』

ところが、勇んでマンションのエントランスを潜《くぐ》った真澄は、そこでコンシェルジュのジョージに呼びとめられた。

「翔吾さん宛《あて》に、お荷物が届いていますよ」

そう言って手渡されたのは、縦横四十センチほどの大きさもある段ボール箱だった。

そして、その箱を受け取った瞬間、真澄の脳裏を過《よ》ぎっていったのは、翔吾が口にした「ディルドォつきの貞操帯」という言葉だった。

『ま、まさか……ね…？』

無意識のうちにも、ヒクヒクと引き攣《つ》ってくる頬の筋肉。

受け取ったばかりの段ボール箱を、そのまま地下のゴミ収集所に捨ててきてしまいたい衝動に、真澄は駆られた。

いや、だが、しかし――。

『妄想だ…！　こんなの、ただの妄想に決まってる…！』

翔吾がロスから戻ってくるまで、あと二十四時間あまり。

どうにか部屋まで持ち帰った怪しい段ボール箱を前に、真澄は必死に自分自身に言い聞かせたのだった。

あとがき

こんにちは、篁釉以子です！

今回、初めてシャレード文庫さんでお仕事をさせていただきました。

《調教師×サーバルキャット》、もとい、《調律師×ピアニスト》のお話、多少なりともお楽しみいただけましたでしょうか？

作者的には、わがままで生意気でプライドの高い王子様タイプの真澄を、強引な調教プレイ（？）で飼い慣らしてメロメロにする翔吾という構図を、と～っても悦しんで書かせていただきました！

それにしても、プレイ用の《首輪・猫耳・シッポ》の三点セットや手錠なんかを、翔吾はどこで手に入れてきたんでしょうね？　やっぱり、ネット通販とか？

きっとこれから先も、真澄は「こんなの、された事な～い！」というプレイで、翔吾にメロメロにされてしまうこと請け合いです（笑）。

あと、個人的に気になるのは、ブラッドとアレンの今後です。翔吾の恋人だった年上のアレンに、ほのかな恋心を寄せていた高校生のブラッドは、大人の男となった今、猛烈アプローチを仕掛けるのでしょうか？　それとも……？

まぁ、その辺りのことは、お読みくださった皆さまのご想像にお任せしますね。

それはさておき、篁のシャレード文庫さん初登場となる今回のお話に、ステキなイラストを描いてくださった佳門サエコ先生に、この場をお借りして深謝申し上げます。

そして、もちろん、ここまで読んでくださったあなた様にも、心より熱烈感謝です！

もし、よろしければ、読後の感想などお聞かせいただけると嬉しいです♥

それではまた、どこかの誌面でお目にかかれる日まで――。

二〇〇九年二月吉日

篁釉以子

本作品は書き下ろしです

篁釉以子先生、佳門サエコ先生へのお便り、
本作品に関するご意見、ご感想などは
〒101-8405
東京都千代田区三崎町2-18-11
二見書房　シャレード文庫
「調律師は調教する」係まで。

CHARADE BUNKO

調律師《ちょうりつし》は調教《ちょうきょう》する

【著者】篁釉以子《たかむらゆいこ》

【発行所】株式会社二見書房
東京都千代田区三崎町2-18-11
電話　03(3515)2311［営業］
　　　03(3515)2314［編集］
振替　00170-4-2639
【印刷】株式会社堀内印刷所
【製本】ナショナル製本協同組合

落丁・乱丁本はお取り替えいたします。
定価は、カバーに表示してあります。

ISBN978-4-576-09041-2

http://charade.futami.co.jp/

新人小説賞原稿募集

400字詰原稿用紙換算
180〜200枚

募集作品 シャレードでは男の子同士、男性同士の恋愛をテーマにした読み切り作品を募集しています。優秀作は電子書店パピレスのＢＬ無料人気投票で電子配信し、人気作品は有料配信へと切り換え、書籍化いたします。

締　　切 毎月月末

審査結果発表 応募者全員に寸評を送付

応募規定 ＊400字程度のあらすじと下記規定事項を記入した応募用紙（原稿の一枚目にクリップなどでとめる）を添付してください ＊書式は縦書きで1ページあたり20字×20行か20字×40行 ＊原稿にはノンブルを打ってください ＊受付の都合上、一作品につき一つの封筒でご応募ください（原稿の返却はいたしませんのであらかじめコピーを取っておいてください）

規定事項 ＊本名（ふりがな）＊ペンネーム（ふりがな）＊年齢 ＊タイトル ＊400字詰換算の枚数 ＊住所（県名より記入）＊確実につながる電話番号、FAXの有無 ＊電子メールアドレス ＊本賞投稿回数(何回目か) ＊他誌投稿歴の有無（ある場合は誌名と成績） ＊商業誌経験（ある方のみ・誌名等）

受付できない作品 ＊編集が依頼した場合を除く手直し原稿 ＊規定外のページ数 ＊未完作品（シリーズもの等）＊他誌との二重投稿作品・商業誌で発表済みのもの

応募・お問い合わせはこちらまで

〒101-8405 東京都千代田区三崎町2-18-11
二見書房シャレード編集部　新人小説賞係
TEL 03-3515-2314

＊ くわしくはシャレードHPにて http://charade.futami.co.jp ＊